講談社文庫

正義の弧(下)

マイクル・コナリー | 古沢嘉通 訳

講談社

DESERT STAR
By Michael Connelly

This edition published by arrangement with
Little, Brown and Company, New York,
New York, USA
Through Tuttle-Mori Agency, Inc., Tokyo

目次

正義の弧（下）

正義の弧（下）

●主な登場人物〈正義の弧　上下共通〉

レネイ・バラード　ロス市警未解決事件班担当刑事

ハリー・ボッシュ　元ロス市警敏腕刑事。私立探偵

マディ　ボッシュの娘。ロス市警刑事

フィンバー・マクシェーン　ギャラガー一家殺害事件の容疑者

ジェイク・パールマン　市会議員

サラ・パールマン　ジェイクの一九九四年に殺害された妹

ネルスン・ヘイスティングス　ジェイクの統括秘書

リタ・フォード　ジェイクの政治顧問

トマス・ラフォント　未解決事件班員。元FBI捜査官

リリア・アグザフィ　未解決事件班員。元ヴェガス・メトロ警察

ポール・マッサー　未解決事件班員。元地区検事補

コリーン・ハッテラス　未解決事件班員。遺伝子系図学者

テッド（ルー）・ロウルズ　未解決事件班員。元サンタモニカ市警

ダーシー・トロイ　ロス市警DNA技官

ヴィッキー・ブロジェット　検察官

シーラ・ウォルシュ　ギャラガーの元業務マネージャー

ローラ・ウィルスン　二〇〇五年に殺害された女優志望者

サンディ・クレイマー　ジェイクのかつての仲間

ミッキー・ハラー　刑事弁護士

ケイシャ・ラッセル　ロサンジェルス・タイムズ記者

ボッシュが二階の休憩室のテーブルに着いて、携帯電話を見ていたところ、バラードが入ってきた。ボッシュが先に話した。

「ヘイスティングスをうまく引っかけたかい？　こっちへ来るのか？」

「いえ、二時十五分にダウンタウンで会うことになった。グランド・セントラル・マーケットで。軍のアーカイブでなにが手に入った？」

「ふたつのファイルをきみに電子メールで送ったところだ。『セントルイス』という名のファイルをひらいてくれ」

バラードは腰を下ろして、ノートパソコンをひらいた。彼女がパスワードを入れて、電子メールを覗(のぞ)いていると、ボッシュがヘニックから送られてきたものの説明をした。ボッシュは内側にこみあげてくるエネルギーを抑えようと努める。

「セントルイスの軍のアーカイブを担当している新任の女性は、おれが以前やりとりしていた昔なじみに連絡を取った」ボッシュは言った。「そいつはおれの保証をしてくれた。おれがいい側の人間だと言って。それでヘイスティングスの全軍務ファイルを入手できたんだ。黒塗りなしで」

バラードはテーブルをはさんでボッシュの向かいに座っており、画面を見ていた。

「オーケイ、わたしはなにをさがせばいいの？」バラードは訊いた。

「最初にヘイスティングスの配属先の記録があり、四ページ目に実戦報告書がある」ボッシュは言った。「彼はアフガニスタンで片足の一部を失っている。そしてそれにより、傷痍軍人の資格を得た。二〇〇四年に名誉除隊をしている」

「そして、ここに戻り、ウィルスンを襲った」

「そのとおり」

「彼は片足の足首から先の半分を失っている……」

「義足をつけているにちがいない。昨夜ときょう見たところでは、ヘイスティングスは普通に歩いていた」

バラードは画面を見ながら、目を細めていた。

「眼鏡が要りそうだな、レネイ」ボッシュは言った。

「いえ、要らない」バラードは言った。「原因はなに、即席爆発装置？」

「実戦報告書には書かれていない。おれがヴェトナムにいたとき、あそこの地獄から抜けだせるよう自分を撃った連中がいた」

「足を撃つの？」

「ほとんどの場合がそうだ」

「ほんとに抜けだしたかったのね。ヘイスティングスもおなじことをしたとあなたは思ってる？」

「わからん。たんにヴェトナムの話をしただけだ」

「彼がやったにせよ、やらなかったにせよ、それがサラ・パールマンとローラ・ウィルスンになんの関係があるのかな？」

「関係ないさ。さあ、二番めのファイルをひらいてくれ」

バラードがそうしていると、ボッシュは第二のファイルをどうやって見つけたのか話した。

「黒塗りなしの軍務ファイルを手に入れたといっただろ？　ヘイスティングスの社会保障番号と軍のシリアルナンバーが最初のファイルに載っていた。それを使って、ヘイスティングスの退役軍人省のファイルにアクセスできた。そしてそれがそこにあるものだ」

「なんてこと、ハリー、こんなことしてはならなかったのに。まず、捜索令状を取る必要があった」

「だれもおれたちがそれを手に入れたとはわからないし、法廷でけっして出てくるものではないだろう。二〇〇八年までスクロールしてみてくれ」

「つたく、まさかわたしたちがこんなことをしてるなんて」

それはボッシュの指示に従うまえにバラードがおこなった最後の抗議だった。ボッシュは立ち上がり、テーブルをまわりこんでバラードの画面を覗きこもうとした。

「オーケイ、二〇〇八年が出た」バラードは言った。「尿検査のためウェストウッド退役軍人省医療センターにヘイスティングスは来たと書かれている。この結果は読めないな」

「それはなんの意味もない記述だ」ボッシュは言った。「二〇〇八年以降、年に一度、ヘイスティングスは検査を受けに来ている」

「それって腎臓の病気が関わっているの？」

「その件だ」

ボッシュはバラードの肩越しに身を乗りだして、ヘイスティングスの二〇〇八年の通院で書かれた治療メモに出てくる単語を指さした。

「ネフレクトミィ」バラードは言った。「これはなに？」

「調べる必要があった」ボッシュは言った。「腎臓を取り除く手術だ」

バラードは画面から顔をそらしてボッシュを見た。

「ハリー」バラードは言った。「彼が犯人だわ」

29

バラードはグランド・セントラル・マーケットのビルの角に近いファースト・ストリートの歩道に立っていた。ヘイスティングスからこちらの姿が見えないであろう死角になった場所にいた。時刻は午後二時二十五分。ボッシュからのゴーサインを待っている。先ほど届いたショートメッセージでは、ボッシュはなかに入り、ヘイスティングスを見張っていた。ヘイスティングスは注文をして、コーヒーが届けられ、いまは携帯電話を見ながら、バラードを待っているとのことだ。

重要なのは、ヘイスティングスにコーヒー・カップを持ったまま店から出ていかせないようにすることだ。DNAを採取するには、そのカップが必要だった。

バラードは、グランド・セントラル・マーケットの駐車場の壁際を狭い範囲でうろうろしながら、頭のなかでストーリーを確認した。ヘイスティングスが二〇〇八年に腎臓を摘出したというニュースは、バラードとボッシュがおこなっているひそかな捜査にあらたな勢いをもたらした。この数時間で可能性は飛躍的に上がり、いまやバラードはもうすぐ連続殺人犯とコーヒーをいっしょに飲むことになると確信していた。ヘイスティングスにいっさい疑念を持たせないよう慎重にならねばならなかった。会話のあとで、逃亡させたり、あるいは暴れださせたりするようなことはいっさいしてはならない。

二時三十一分、ボッシュから青信号のショートメッセージが届いた。

カップを半分飲んだ。来ていいぞ。

バラードは携帯電話をしまうと、すぐに角をまわって、ヒル・ストリートに入った。飲食店や精肉店、青果店が集う巨大な施設の開放式の入り口は左側にあった。通りの向こう側にはエンジェルズ・フライトの下側の発着場がある。勾配が急なバンカー・ヒルを上り下りして乗客を運ぶ長さ一ブロック分のケーブルカーだ。バラードからは小さなステンレススチール製のテーブルにヘイスティングスがこちらに背を向けて座っているのが見えた。

バラードはヘイスティングスの肩を軽く叩(たた)いた。

「遅れてすみません」バラードは言った。「空港行きの渋滞に引っかかって。お代わりします？」

相手がノーというのを期待していたものの、そう訊かざるをえなかった。

「そもそも午後のこんな時間にコーヒーを飲むべきですらなかった」ヘイスティングスは言った。「一晩じゅう起きていることになるだろう」

「わかりました、すぐに戻ってきます」バラードは言った。

午後遅くのコーヒーにはだれも並んでいなかった。バラードはシンプルなブラックコーヒーをカウンターで手早く注文した。出来上がるのを待ちながら、なにげなくあたりを見まわし、マーケットの東壁のネオン壁画近くにあるテーブルにいるボッシュを見つけた。彼はヘイスティングスの死角にいた。ヘイスティングスがボッシュの正体を知っていることを示唆するような証拠はないのだけれども。

コーヒーを手に、バラードはヘイスティングスのいるテーブルに腰を下ろした。相手のカップがほぼ空になっていることに気づく。紙のカップの側面にバリスタが「ネルスン」と記しており、彼がゴミ箱にそのカップを投げ捨てたなら、容易に識別できるだろう。だが、バラード自身のカップ同様、それには波形の紙のカップスリーブが巻かれていた。それによってそのカップから指紋を採取するのは難しいだろうが、それでも唾液や上皮細胞からヘイスティングスのDNAを採取できるのでは、とバラードは期待した。

「急な連絡にもかかわらずお会いいただき、ありがとうございます」バラードは言った。

「かまわない」ヘイスティングスは言った。「で、対面でないと話せないほど重大なことというのは？」

バラードはうなずき、コーヒーに口をつけることで時間を稼ぎ、ボッシュとひねりだした台本を頭のなかで繰り返した。

「電話でお話ししたように、デリケートな問題なんです」バラードは言った。「パールマン議員がいなければ未解決事件班は存在していないこと、そして、スキャンダルの気配があれば、市議が傷つくだけでなく、班もただでは済まないということを痛いほどよくわかっています」

「そのスキャンダルの気配というのはなんなんだね、刑事さん？」ヘイスティングスは強く問いかけた。

「わたしはサンディ・クレイマーと話をしました。そしてあなたたちおふたりの仲が悪いことはとてもはっきりしましたが、クレイマーはジェイク・パールマンにいまも忠誠を誓っているのです」

「まさにそのとおり、仲はよくない。どうしてあのクソ野郎と話をする気になったんだ？」

「これは殺人事件捜査です。どこにでも捜査の手を伸ばします」

「きみはひきだしにバッジが見つかった女の子の件で、あいつと話をしたんだな？」

「女の子ではなく、大人の女性です、ええ。ローラ・ウィルスン」

「大人の女性だ。オーケイ、クレイマーはなにを言った？」

「そうですね、わたしが彼にローラのことを訊ね、写真を見せたところ、彼は彼女を覚えていると言ったんです」

「それだけ？」

「いえ。彼は、彼女がボランティアだったかもしれない、と言い、ジェイクも彼女を知っていたのだから彼に訊くべきだ、と言ったんです」

ヘイスティングスはすばやくもう用済みだというかのように、カップをテーブルの横に押しやった。そして首を横に振った。

「そんなはずがない」ヘイスティングスは言った。「彼女がいたならわたしが気づいたはずだ。いまのあいつがどうなっているかは知らないが、クレイマーはあの当時、ただの飲んだくれだった。だから、ジェイクが真剣に政治に取り組みだしたとき、結局あいつは出ていかねばならなかった」

「どうしてあなたは確かだと思えるんです?」バラードは訊いた。「あの当時、あなたはいなかった」

「わたしはいたんだ。何度も言うが、ローラ・ウィルスンはいなかった」

「二〇〇五年の選挙は、あなたがパールマンと組む以前のことだったと、あなたはわたしにおっしゃいました」

「いや、わたしが言ったのは、少なくとも言わんとしていたのは、統括秘書として務める以前のことだったという意味だ。わたしは当時いたんだ。ジェイクの運転手をしていた。退役軍人省医療センターを退院したばかりで、人生をリスタートする必要があった。ジェイクは運転手を必要としていると言ってくれたんだ。信じてほしい、もしローラ・ウィルスンが選挙運動に関わっていたら、わたしは知っていたはずだ。なによりも、小規模な活動だったし、第二に彼女は黒人だからだ」

バラードは一瞬口ごもった。今週前半に電話で話をしたとき、ヘイスティングスが「わたしの時代のまえ」という言葉を口にしたときの正確な言葉を覚えていなかったが、ヘイスティングスはたったいまその記録を修正し、それはクレイマーから聞かされていた内容と一致した。それによって、バラードは一時的に台本を外れることになった。

「わたしがローラについて議員と話をしたとき、彼はローラを知らないと言いました」バラードは言った。「ですが、わたしが写真をお見せするまえに議員は彼女が黒人であることをどういうわけかご存知でした」

「なぜならわたしが彼に話したからだ」ヘイスティングスは言った。

「オーケイ、では、どうしてあなたはご存知だったんですか？ わたしはあなたに写真を送れずにいました」

「送ってきてくれなかったのはわかってる。だけど、わたしはすぐれた統括秘書ならだれでもやることをしたんだ。準備をせずにボスとの打ち合わせをすることはない。きみが写真を送ってこなかったので、わたしはネットで、『ローラ・ウィルスン　殺人事件　ロサンジェルス』をグーグル検索した。するとなにが出てきたと思う？ ロサンジェルス・タイムズに掲載された彼女の写真だ。哀れな子は、殺人事件の犠牲者としてついに有名になった。その事件の詳しい記事が出てきた」

バラードはその新聞の切り抜きを、写真を含め、ローラ・ウィルスン殺人事件調書のなかで目にしていた。ヘイスティングスはまたしても、バラードの疑念をかきたてた矛盾点から言い逃れた。この聴取ががらがらと崩れていき、ヘイスティングスがこちらの望まぬ反応をしだした、とバラードは感じた。すなわち、ヘイスティングスは疑惑を抱きはじめていた。相手を守勢に回らせようとバラードはもう一度トライした。

「わたしがあなたに、パールマンには最初の選挙戦のとき事務所を仕切る選対本部長がいたのですかと訊いたとき、名前と連絡先を手に入れてあげようとおっしゃいました」バラードは言った。「でも、そのとき、それがクレイマーだと知っていたはずなのに、わたしには話してくれなかった。なぜです？」

「さっきその理由を話した」ヘイスティングスは言った。「クレイマーはクソ野郎だ。酔いどれだ。それにわれわれがあいつを追いだしたやり方のせいで、あいつが恨みを抱いていることを懸念していた。その懸念は根拠がないことではないといま判明したよ。あいつはきみに一連の戯言を提供して、きみを完全にコースアウトさせてしまった」

「いま申し上げたように、どこにでも捜査の手を伸ばします。もしクレイマーが嘘をついているなら、わたしは彼に対処します」

「この件は、ほんとはなにが狙いなんだ、バラード？　ジェイクに対してなにか仕掛けようとしているんじゃないのか？　彼を脅す気か？　それはきみの意図か、それとも市警の意図か？」

「誓って言いますが、仕掛けではありません。脅迫でもありません。わたしは徹底的な実地捜査をおこなっているんです。ひっくり返さない石がないように。わたしが自分のチームやあなたのチームから離れたところで会いたがったのはなぜだと思います？　わたしはあなたが理解してくださると思って――」

「じゃあ、サンディ・クレイマーはなにを望んでいるんだ？」

バラードが返事をするまえに、クズ籠を手にしていた。ひとりの男がテーブルにやってきた。男はエプロンと手袋をして、クズ籠を手にしていた。このマーケットのほかの従業員がまだしているように口元と鼻をマスクで覆っていた。

「飲み終わりました？」

男はヘイスティングスのコーヒー・カップを指さした。バラードは顔を上げ、マスクに顔を隠した男がボッシュであることに気づいた。ヘイスティングスはほとんどボッシュのほうに視線を向けなかった。

「持ってってくれ」ヘイスティングスは言った。「もう済んだ」

二番目の言葉はバラードに向けたものだった。ボッシュは手袋をした手でコーヒー・カップを掴むと、テーブルから立ち去った。ヘイスティングスは厳しい視線をバラードに向けていた。

「いいか?」ヘイスティングスは言った。「サンディ・クレイマーがなにを望んでいるかなんてどうでもいい。あいつはクソで、きみもクソだ、バラード。ジェイクあるいはわたしに手出しをしようと考えているならな。根拠薄弱だ。お先に失礼する」

ヘイスティングスは立ち上がり、歩み去ろうとした。

「それはまったくの誤解です」バラードはヘイスティングスの背中に向かって声をかけた。

彼は立ち止まらなかった。

30

　ボッシュはバラードのディフェンダーの後部タイヤからキーを掴むと、車のロックを外し、後部座席の床に証拠保管袋を置いた。車に再度ロックをかけると、キーを戻した。マーケットに引き返していると、バラードから電話がかかってきた。

「彼は出ていった」バラードは言った。「あなたはいまどこにいるの？」

「きみの車のそばだ」ボッシュは言った。「後部座席の床にカップを置いたよ」

「台本から外れてしまい、彼はかんかんになった。マーケットを通り抜けていった。見つけられる？」

「ちょっと待ってくれ」

　ボッシュはサード・ストリートで方向を変えた。バンカー・ヒルをのぼっていくのではなく、ブロードウェイまで下り、ヘイスティングスが一ブロックの長さのあるフードコートの南側から姿を現すかどうか確かめようと、角に立って待った。

「見当たらないな」ボッシュは言った。

「彼は出てくるはず」バラードは言った。「立ち去ってから一分も経ってない」

マーケットには通り抜けができるような通路がないのをボッシュは知っていた。店舗や飲食店がひしめきあっている迷路で、ヘイスティングスは通り抜けようとしたら、人ごみを縫って、通路から通路へ移動しなければならないはずだ。ブロードウェイにたどりつけるような時間はなかった。

「なにがあったんだ？」ボッシュは訊いた。

「あとで話す」バラードは言った。「確かめてみて、彼が――」

「見つけた」

ヘイスティングスはマーケットをあとにして、信号無視してブロードウェイを横断していた。ヘイスティングスがしゃべっているのが見えたかと思うと、彼は耳に手を伸ばした。イヤフォンをしており、彼が電話中であることをボッシュは知った。

「いま電話をかけている」ボッシュは言った。

「たぶんクレイマーを見つけようとしているんだと思う」バラードは言った。「今回の企みは失敗に終わったわ」

「とても昂奮しているようだ」

「彼の尾行をするつもり？　クレイマーに対峙しようとするかもしれない」

「見つけたからには、どこにいこうとついてまわるぞ」

「オーケイ、わたしは自分の車に戻り、ラボに直行する。運がよければ、ダーシーがラボにいるあいだに彼女を捕まえられるかもしれない。あなたはヘイスティングスから離れないで。あとで電話する」

バラードはボッシュの返事を待たずに電話を切った。ボッシュは半ブロックほど距離をあけてヘイスティングスを尾行していたが、ヘイスティングスが市議会会館の事務所に戻るには、四ブロック分の距離があった。ヘイスティングスは、サード・ストリートを南下して、スプリング・ストリートにたどりつくと、左へ曲がった。尾行対象が角を曲がるとき、ボッシュは相手がまたしてもイヤフォンに手を伸ばすのを見た。電話がかかってきたのだ。

ボッシュは歩調を速め、角にたどりつくころには小走りになっていた。角を曲がり、足早に歩いて、電話の会話のヘイスティングス側の発言を盗み聞きできるくらい近くまでいく。

セカンド・ストリートの交差点で、ヘイスティングスは立ち止まり、信号が青に変わるのを待たざるをえなかった。シヴィック・センターにはほとんど人がいなかった。週末であり、市の各種機関や裁判所は閉まっているからだ。しかし、ボッシュは、ヘイスティングスに追いついたとき、信号待ちをしているふたりの歩行者を隠れ蓑にできた。

最初、ヘイスティングスは黙って立っていた。耳を傾けているのか、あるいは電話相手が話すのを待っているかのようだった。すると、彼は強ばった、怒りのこもった口調でしゃべりはじめた。いっしょに信号が変わるのを待っているほかの人間がいることに気づいて、ヘイスティングスは声を低くしたため、ボッシュにはなにも聞こえなくなった。だが、信号が変わって、横断歩道に足を踏み入れると、ヘイスティングスはまたしても鋭い命令口調に戻った。

そしてボッシュはヘイスティングスのしゃべる一言一句をほぼ全部聞き取ることができた。

「いいか、マザーファッカー、おまえは彼女に電話をかけ直し、自分が嘘をついたと白状しろ」

また間があき、その間、ヘイスティングスは片手を振って、否定するような身振りをした。

「戯言を――おまえは嘘つきだ。彼女に電話をかけ直し、おれがおまえに言ったことを伝えろ。さもなきゃおまえを潰してやるからな。わかったか、クソ野郎？」

一拍の間があり、ヘイスティングスは一言で電話を切った。

「よし」

ヘイスティングスは耳に指を押しこんで電話を終了させると、市庁舎に向かって進みつづけた。ボッシュはまた距離をあけ、ヘイスティングスが歴史的建物の石の階段をのぼっていくのを見て、最終的に尾行を終了した。ボッシュはバラードに電話をかけ、いま見聞きしたことを報告した。

「ヘイスティングスは市庁舎に戻った」ボッシュは言った。「途中で、だれかにクレイマーの連絡先をさがさせ、彼に電話をかけたんだと思う。電話相手の名前は一度も言わなかったが、ヘイスティングスは怒っており、『彼女に電話をかけ直し』て、話を変えるように、と言ってた」

「相手はクレイマーだった」バラードは言った。「いましがたクレイマーが電話をかけてきて、ヘイスティングスと話したところだと言った。かんかんに怒ってたわ」

「ヘイスティングスもおなじだ。クレイマーの考えちがいを直してやったのか？」

「したわ。われわれはヘイスティングスをたんに激怒させようとしているのだ、と説明した。それを聞いて彼は喜んでいたと思う。彼はヘイスティングスが嫌いなの、覚えてる？」

「どれくらい台本から外れたんだ？」

「もうすぐラボに到着する。ダーシー・トロイに待ってもらっているの。この話はここまでにして。あとから電話する。あるいは、あなたがその気なら、どこかで会えるけど」

「食事をしたい。〈トラックス〉で会おう」

「あそこは営業再開したの？」

「ああ。なにか食べたいか？」

「到着したときに自分で飲み物を買います。食事はもう済んだから」

十分かかって、ボッシュは、ユニオン駅と広大な待合所のなかにあるレストランに到着した。ランチどきのラッシュアワーがすぎ、レストランは混んでいなかったが、パンデミックの脅威が実際には終わっているにせよいないにせよ、待合所はポストパンデミックの世界を活用している旅行者で混み合っていた。

ボッシュがグリルド・チーズ・サンドイッチとフライドポテトを半分ほど食べたところで、バラードが窓際のブースのボッシュの向かい側にスッと入ってきた。おなじような流れる動きでバラードはボッシュの皿からフライドポテトを一本手に取った。

ボッシュは自分の皿をテーブルのまんなかに押しだした。

「食べてくれ」ボッシュは言った。「全部は食べられん」

バラードがもう一本手に取ると、ウエイトレスがテーブルにやってきた。

「アイスティーと、ケチャップを少々」バラードは言った。

ボッシュは事件の話に移るまえにバラードを落ち着かせるため、間を置いた。

「で、ダーシーはカップを手にしているのか？」

「ええ。急ぎで調べてくれている。向こう三ヵ月分のダーシーの厚意を使い果たしたという気がする。とりわけ、きょう、彼女に出てこさせてしまったので」

「こいつを逮捕したら、その価値はある。いつ結果はわかるんだ？」

「あすまでにシークエンシングが終わることをダーシーは期待している。それからそれを統合DNAインデックス・システム（CODIS）にかけ、DNAが一致するかどうかを確かめる」

「カップから入手したものと、掌紋から入手したものを直接比較できないのか？」

バラードは首を横に振った。

「地区検事局に言い渡された法的プロトコルなの」バラードは言った。「通常の手続きの範疇（はんちゅう）におさまっていれば、法廷で異議を唱えるのはかなり難しくなる。それを飛ばして、一対一の比較をおこなうのは、不正が入りこんでいる可能性があると見られかねない。あなたの弟、ミッキーのような刑事弁護士なら、法廷で粉々に破壊することができるでしょう」

「あいつは母親違いの兄弟だ。じゃあ、あしたになればわかるんだな」

「運がよければね」

ボッシュはうなずき、サンドイッチをもう一嚙みした。口をいっぱいにしたまま話す。

「で、ヘイスティングスとは、台本からそれてしまったんだな」

「ええ。ヘイスティングスに対抗するためのスリー・ストライクを全部叩き落として、わたしを打ちのめしたようなものだった」

「どのように？」

「ウィルスン殺害事件は、自分がパールマンといっしょに行動する時代のまえと言った意味をヘイスティングスは訂正した。自分が事務所のチーフになる時代のまえという意味だったと説明したの。当時、自分はパールマンの運転手だった、と彼はきょう認めた。そのため、わたしは台本から外れ、わたしが話していないのにウィルスンが黒人だと知っていたのはどうしてだ、と彼に訊ねたの」

「それで？」

「彼はそれにも答えを用意していた。わたしが写真を送らなかったので、彼はウィルスンをグーグルで検索し、彼女の写真付きで殺人事件のことが載っているロサンジェルス・タイムズの記事を見つけた。ヘイスティングスの言うとおりだった。おなじ切り抜きが殺人事件調書に入っている」

「いいか、腎臓摘出の件がある現時点ではそうしたことはどれも問題じゃない。DNA一致の結果が返ってくれば、われわれはあの男を逮捕できる」

「わかってる、わかってる、だけど、彼は上手なの。彼が会話の方向を変え、わたしは台本に戻って、クレイマーのことを持ちだした。ヘイスティングスは明らかに知っていたのに、当時の選挙対策本部長の名前をわたしに伝えようとしなかったと言ったとたん、彼は激怒した」

「ああ、ヘイスティングスのほうが言っていたことを聞いたよ。ヘイスティングスから電話がかかってきたとクレイマーが言ったとき、彼はきみになんと言ったんだ？」

「パールマンがローラ・ウィルスンを知っていたとは言っていないと否定したけど、ヘイスティングスはこちらの言うことを信じなかった、とクレイマーはわたしに言った。ヘイスティングスはたんに怒鳴り、おまえを潰してやる、と脅したんだって」

「きみは彼に電話をかけなければならないと思う」

「彼とは？」

「ヘイスティングスだ。クレイマーが先ほど電話をかけてきて、証言を変えた、と伝えるんだ。ひょっとしたらそれでヘイスティングスは落ち着くかもしれない。クレイマーの尻は、この件で風に吹かれたままにしておく、とでも言おうか。ヘイスティングスは、なんの脅威も存在しないと知っておくべきだ」

「それっていまかけろということ？」

「ああ、電話をかけ、相手が応じるか確かめる。クレイマーに多少の援護をしておく必要がある」

バラードは携帯電話を取り出し、ヘイスティングスに電話した。彼は電話に出た。バラードはパールマンがウィルスンを知っていたというのは間違っていた、とクレイマーからの情報を受け取ったと口早に説明した。伝えるまえにその情報の裏を取ったり、虚偽を暴いたりしなかったことをバラードは詫びた。それから一分近くヘイスティングスが言いたいことを言うのに黙って耳を傾け、返事をする機会のない電話を切られた。

「うまくいったようだな」ボッシュは言った。

「そうね」バラードは返事をした。「とりあえず月曜日に彼がわたしを首にすることが可能になるまえにDNAの結果が返ってきてほしいと願ってる」

ボッシュはうなずいた。

「ダーシーがやり遂げてくれることを祈ろう」ボッシュは言った。

バラードは椅子にもたれかかり、窓越しに待合所を見た。ユニオン駅は、この街の変わらぬ美しさのひとつだった。

「ここを通ってこの街にどれほど多くの人がやってきたと思う、ハリー？」バラードは言った。「ローラ・ウィルスンのような人たちが、夢と希望を持って」

「彼女はシカゴから列車で来たのか？」ボッシュは訊いた。

「彼女は日記をつけていたの。殺人事件調書に入っている。お金を節約するため、列車を使った。二日かけて、彼女はロッキー山脈を見ている。それからここに到着し、殺された。なんて不公平なんだろう？」

「殺人事件はけっして公平ではない。その日記を読みたいな」

「アーマンスン・センターのわたしの机に置いてるわ」

ボッシュはバラードとおなじように窓越しに待合所を眺めた。LAから離れていこうとするか、手にスーツケースと夢を抱えて目的地にやってきたか、あらゆる立場の人々が何十人もスペイン・タイル張りのフロアを行き来していた。ローラ・ウィルスンが到着し、目を見開いて、大きな待合所を抜けて、天使の街につながるドアにたどりつくところをボッシュは思い浮かべた。ここが最後の目的地であることを彼女は露知らなかった。

海原はベッドにピンと張られたシーツのようになめらかだった。バラードは、どんな海面にも対応できるよう、サーフボードとパドルボード両方を持ってきていた。マリブのラコスタ・ビーチの西端にあるパシフィック・コースト・ハイウェイに駐車できる場所を見つけた。そこは水際に近く、きょうがパドルボードの日だと判明した。これはよかった。バラードが大きめの波に乗っているあいだ、ピントをテント・ポールにリードでつないでおくより、いっしょにボードに乗せられることを意味していたからだ。

31

日曜日だが、早い時間なのでビーチは混んでいなかった。バラードは、ディフェンダーのハッチをあけ、後部に座って、ウェットスーツの準備に取りかかっていた。ピントは、彼女の隣にあるキャリー・ケースのなかにまだ入っていた。

防水ケースに携帯電話を入れようとした矢先、それが鳴りだした。電話をかけてきたのはダーシー・トロイで、バラードの脈が速くなった。

「ダーシー、いい知らせをちょうだい」バラードは言った。

それに対して返ってきたのは沈黙だった。

「ダーシー？　聞こえてる？」

「聞こえてるわ。あいにく、いい知らせはないの、レネイ。カップからいい標本が手に入ったけど、残念ながら、ふたつの事件で採取されたＤＮＡと一致しなかった」

今度はバラードが黙る番だった。ヘイスティングスが犯人だということに有り金残らず賭けていたのだ。

「レネイ、聞こえてる？」

「理解できない。あいつが犯人なの。あいつは腎臓を失ってる。あいつの話はあてにならない。信じられないわ。確かなの、ダーシー？　なんらかのミスがからんでいる可能性はないの？」

「いいえ、ミスはない。残念だけど。でも、腎臓を失っているというのはどういう意味？」

「彼の退役軍人省の記録を持っているの。ローラ・ウィルスン殺害の三年後、彼は根治的ネフなんとかを受けている」

「腎摘手術（ネフレクトミィ）。腎臓の摘出ね。だけど、だからと言って彼が腎臓疾患を抱えていたとはかぎらない。腎臓を移植用に提供したのかもしれない。つまり、その医療記録を自分で見るか、だれかもっとふさわしい資格のある人間に見てもらわないと確実なことは言えないけど――」

「ああ、クソ。見てもらっていなかった――ハリー・ボッシュに連絡しなきゃ。ダーシー、あなたって天才。あとでまた電話する。それからこのために週末を潰してくれて心から感謝している」

バラードは電話を切った。すぐにボッシュに電話をかけ、ウェットスーツのジッパーを下ろしながら、ボッシュが電話に出るのを待つ。

「バラードか。どうした？」

「いい知らせと悪い知らせ。ヘイスティングスのＤＮＡは事件のＤＮＡと一致しなかった」

「それはいい知らせなのか、悪い知らせなのか？」

「悪い知らせ。いい知らせは、ヘイスティングスが腎臓を友人あるいは親戚に提供した可能性があるということ。そしてその提供先の人物は、腎臓疾患を抱える人間であり、われわれの新しい容疑者になる可能性があるということ」

ボッシュは黙っていた。

「ハリー?」

「いま考えている。われわれにはあまり選択肢がないな。ヘイスティングスのところにいかなければならないだろう」

「腎臓を追って」

バラードは笑みを浮かべたが、ボッシュからなんの反応もなかった。

「おもしろくなかったかな、ハリー」

「ああ、言いたいことはわかってる。で、きみはいまどこにいるんだ?」

「パドリングをいまからはじめる予定だった。マリブにいる」

「明日まで待ちたいか?」

「そうでもない。わたしたちはあらたな勢いを手に入れた。ヘイスティングスに会いにいきましょう」

「ヘイスティングスを見つけられるならな」

「まあ、彼が住んでいるところと働いているところを知っているし、付き合っている女性の居場所もわかっている。それにたんに電話をかけることもできる」

「おれたちがいくつもりなのを相手が知らないほうがいいと思う。ほら、もしおれたちが来る理由をわかっているなら、ヘイスティングスはだれかに電話をかけられる」

「確かに」

「いつにする？」

「わたしは一時間で戻れる。着替えをして、犬を下ろし、それからあなたを迎えにいく。正午でどう？」

「用意しとくよ」

ふたりは電話を切り、バラードはウェットスーツのジッパーを外し終えた。キャリー・ケースのなかのピントを見る。

「ごめんね」バラードは言った。「ママは仕事にいかなきゃだめなの。来週、ここへ戻ってきて、水遊びをさせてあげる。約束する」

バラードはウェットスーツをSUVの後部座席に放りこみ、ワンピースの水着の上にスウェットをまた着た。振り返り、大海を見る。朝靄の向こう、水平線の上にカタリナ島のシルエットが浮かびあがっていた。晴れて、暑い一日になりそうだ。

「あーあ」バラードは言った。

32

バラードとボッシュはヘイスティングスの自宅にまず向かい、家にだれもいないことを確認した。そこから西に向かってサンセット・プラザのリタ・フォードの家を目指した。ボッシュが以前尾行した黒いテスラがそこにあった。セント・アイヴス・ドライブの路肩のおなじ場所に停まっていた。

「ビンゴだ」ボッシュは言った。

ふたりは私設車道に車を乗り入れた。リタ・フォードが戸口で応対に出た。

「バラード刑事、驚いた」フォードは言った。「どうしてここに？」

「ネルスン・ヘイスティングスに会う必要があるんです」バラードは言った。

「どうして彼がここにいるとお考えなの？」

バラードは通りを指さした。

「なぜなら、あれが彼の車だからです。彼がここにいるとわれわれが知っているからです」バラードは言った。「彼と話をする必要があるの、リタ。重要なことなの」

「ちょっと待ってて」フォードは言った。

フォードはドアを閉めた。バラードはボッシュを見た。ふたりとも、冷ややかな対応を予想していたのだ。

ドアがふたたびひらくと、ヘイスティングスがそこに立っていた。

「ここでなにをしてるんだ？」ヘイスティングスは問いただした。

「あなたの協力が必要なんです」バラードは言った。

「わたしの協力だと？　なんてこった、容疑者候補の筆頭にしたかと思えば、今度は協力してほしいだって？」

「われわれがあなたを疑っていたと思うのはどうしてです？」

「おいおい、刑事さん。わたしの以前の供述からわたしが嘘をついたと追及しようとしたあとでクレイマーのでたらめな話をきみが口にした、きのうのあの見え透いた芝居からだ。わたしはバカじゃない。ジェイクの仲間のだれかがローラ・ウィルスンとサラ・パールマンを殺したのであり、そのだれかがわたしだと、きみの頭のなかではそうなっているんだろ」

「われわれはそんなふうには考えていません、ネルスン。なかに入れてくれます？

この件であなたの協力を切実に必要としているんです」

ヘイスティングスはボッシュを指さした。

「それからきみだ、わたしはきみが何者なのか知ってるぞ」ヘイスティングスは言った。「きみは〈G&B〉からわたしを尾行していた。ああ、見かけたんだ。わたしの推測では、きみはボッシュだ。ああ、きみはしくじったんだ、ボッシュ。彼女といっしょにな。あす、ふたりにはいなくなってもらう」

「おれはしくじった」ボッシュは言った。「だけど、レネイはちがう。もしなかに入れて、説明を聞いてくれたなら、友人の妹を殺した犯人を捕まえるのにあなたは協力できるんだ」

ヘイスティングスはボッシュからバラードに視線を移したが、動こうとせず、なにかを言おうともしなかった。ついで、その視線はボッシュに戻った。ヘイスティングスは自分がやろうとしていることを信じられないでいるかのように首を左右に振ると、ドアから一歩奥に下がった。

「十分だ」ヘイスティングスは言った。「ふたりとも首にされたり、場合によってはわたしに訴えられたりしないように説得する時間はそれだけだ」

ボッシュは、自分はボランティアなので首にすることはできないし、自分やバラードを訴えようという試みは地区検事局で一笑に付されるだろう、バカにされるのはあなただ、と言いそうになった。

だが、ボッシュは放っておくことにした。ヘイスティングスのあとを追って、家のなかに入る。明るいオレンジ色と黄色の家具が配されたリビングに通された。リタ・フォードが白と黄色の縞模様のカウチに座っていた。

「ネルスンと内々に話す必要があるの」バラードは言った。

「わかった」フォードは傷ついた口調で答えた。

彼女は立ち上がると部屋を出ていった。ヘイスティングスが空になったカウチを指し示し、ボッシュとバラードは腰を下ろした。その部屋はガラス張りになっていて、一ブロック南のサンセット大通りの店舗の上からウェスト・ハリウッドまで見渡せるようになっていた。

ヘイスティングスは胸のまえで腕組みをして、立ったままでいた。

「で」ヘイスティングスは言った。「はっきりさせておきたいんだが、きみたちふたりの刑事は、明らかにわたしを尾行し、わたしを捜査し、わたしが親友の妹を殺害したと疑っていた。それを認めるんだな？」

「どっちかと言うと、あなたがどうしてそういうことを全部知っているのか、お訊きしたいですね」バラードは落ち着いて答えた。

「それがなんの関係がある？」ヘイスティングスは言った。「疑ったことは事実なのか、それとも口を拭って知らんぷりするつもりなのか？」

「ヘイスティングス、そっちこそ座って、落ち着いたらどうだ？」ボッシュが言った。

「わたしにあれをしろこれをしろと指図するな、爺さん」ヘイスティングスは言い返した。

「あのな、われわれがたんに自分たちの仕事をしているせいで、あなたを怒らせてしまったのなら、申し訳ない」ボッシュは言った。「そうだ、われわれはあなたを見張っていた。十分な理由があってのことだ。興味をもって聞いてくれるのなら、その理由を話そう。だから、改めて頼むが、座って、われわれが殺人犯を逮捕するのに協力してくれ。親友が望んでいるのはそれじゃないのか？」

ヘイスティングスは片手を上げ、すべての議論を止めさせた。少しのあいだ目をつむり、心を落ち着かせるためのなんらかの精神的エクササイズをおこなった。そして目をあけると、ふっくらしたオレンジ色のクッションが付いている椅子に腰を下ろした。

「なにが望みだ？」ヘイスティングスは訊いた。

ボッシュはバラードを見て、うなずいた。バラードが話のリード役だ。

「あなたは二〇〇八年に腎臓を摘出しています」バラードは言った。「なぜです？」

ヘイスティングスはその質問が現在問題になっている事柄とどう関係しているのか、理解できないかのように首を横に振った。

「まず最初に、きみたちはそれをどうして知っているんだ？」ヘイスティングスは訊いた。

「われわれは刑事です、ヘイスティングスさん」バラードは言った。「われわれは物事をさがしだすのが仕事です。あなたは腎臓を失った。なぜです？」

「わかった、いいか、わたしは腎臓を失ってはいないんだ」ヘイスティングスは言った。「腎臓を提供したんだ」

バラードはうなずいた。

「すみません、貧弱な言葉の選択で」バラードは言った。「あなたはだれかに腎臓を提供した。それはとても利他的な行動です。極めて近しい相手への提供だったにちがいありません。ご家族の一員ですか？」

「知らないとは驚きだ」ヘイスティングスは言った。「テッド・ロウルズにあげたんだ」

映画のなかで刑事たちは、証人が暴露した事実の重要性を観客に強調するため、たがいに顔を見合わせるのがつねだった。バラードとボッシュは、思わず顔を見合わせてしまい、それがヘイスティングスにいまの発言の重要性を気づかせた。

「なんだ？」ヘイスティングスは言った。「テッド・ロウルズが犯人だと言ってるのか？　そんなわけがない」

「われわれはそんなことを言ってません」バラードは言った。「テッドがその手の健康問題を抱えていたことを知らなかっただけです。もし知っていたら、議員が彼をわれわれのチームに加えさせたがったのを疑問に思ったでしょう」

「あいつは生涯ずっと、警官になりたがっていた」ヘイスティングスは言った。「ロス市警は彼を採用しようとしなかった。だが、サンタモニカ市警は違っていた。だけど、テッドは病気になり、選んだ職業を辞めざるをえなくなった。それで、ああ、わたしは彼に腎臓をやったんだ。別にもう一個あるので」

「彼はどんな問題を腎臓に抱えていたんでしょう？」バラードが訊いた。

「癌だ」ヘイスティングスは言った。「両方の腎臓と脾臓を摘出した。あいつはほとんど死にかけたんだ。だが、不屈の闘志で復帰し、小さな商売をはじめ、それを大きくさせた。驚異的だよ。だが、刑事になるという夢をけっして諦めていなかった。で、ジェイクが未解決事件チームの再起動を発表した記者会見をＴＶで見て、テッドはわたしのところに来て、「チームに加えてくれ」と言ったんだ。わたしはジェイクと話をし、ふたりとも賛成した。テッドはその推薦をもって、きみのところにいった」

「そして彼は都合よく医療記録を省いて応募した」バラードは言った。「ロス市警がそんな厄介事を引き受けるはずがないとあなたはわかっていたはずなのに」

「ジェイクはテッドを追い払う理由をいっさいきみに渡したくなかったんだ」ヘイスティングスが言った。「そんなわけでテッドはチームに加えられた。そして、いま、彼がサラとウィルスン事件の女の子になんらかの関与をしているときみたちは言う。そんなの馬鹿げている話だ」

「繰り返しますが、われわれはそんなことを言ってません」バラードは言った。

「だったら、なにを言おうとしているんだ？」ヘイスティングスが問いかけた。「どうしてテッドに関して、そんな質問があるんだ？」

バラードは一瞬口ごもり、ボッシュのほうを見た。これから話すことをジェイク・パールマンやテッド・ロウルズに伝えることはないとヘイスティングスが信用に値するかどうか、バラードは判断しようとしているのだ、とボッシュにはわかった。ボッシュはうなずき、自分なりの見方からバラードに許可を与えた。

「ローラ・ウィルスンの事件で回収されたDNAが、サラ・パールマン事件の殺人犯のDNAと一致したことをお話ししました」バラードは言った。

「ああ、きみから聞いた」ヘイスティングスは言った。「そしてウィルスンが『ジェイク！』バッジを持っていたことも。それではあまりに根拠が薄いぞ、バラード刑事」

「ウィルスン事件のDNAサンプルは、被害者のアパートのトイレの便座に付着していた尿のなかに見つかった血液から回収されたものです」バラードは言った。「その血液はわれわれに別のことも伝えてくれたんです。殺人犯が腎臓疾患を抱えていたことを」

ロウルズをかたくなに擁護していたヘイスティングスですら、その驚くべき事実には目を瞠（みは）った。しばらく黙りこみ、やがて遠慮がちな声で話した。

「では、わたしが腎臓を失っていることに気づいたとき……」声が尻すぼみになる。

「それに加えて、二〇〇五年の選挙戦が自分の時代のまえだとおっしゃったとき、わたしはあなたが嘘をついたんだと思いました」バラードは言った。

ヘイスティングスはうなずいた。

「しかもわたしはきみに言われるまえにローラ・ウィルスンが黒人だと知っていた」と、ヘイスティングス。

バラードはしばらく相手に考えさせてから、先をつづけた。

「最後にあなたがテッド・ロウルズと話したのはいつですか？」バラードは訊いた。

「あー、きのうだ」ヘイスティングスは言った。「彼は……きみとの会話で頭に来たので、わたしから彼に電話をかけた。たぶん罠だろう、きみがわたしのDNAを手に入れようとしているのだ、と彼は言った。それでわたしはあそこにやってきて、わたしのカップを持っていった男がいたのを思いだしたんだ。きみだったんだな？」

ヘイスティングスはボッシュをまっすぐ見つめ、ボッシュはうなずいた。

「年寄り呼ばわりして申し訳なかった」ヘイスティングスは言った。「あれはまったくクールじゃなかった」

「気にしないでくれ」ボッシュは言った。「年寄りにはちがいない」

「テッドはそれ以外になにを言ったんですか？」バラードは訊いた。

「よく覚えていないんだ」ヘイスティングスは言った。「彼に、『彼女はおまえを見ているぞ、気をつけたほうがいい』と言われて、目のまえが真っ暗になった」

「思いだせることは、なにかほかにあります？」バラードはさらに訊いた。

「いや、ただもう電話を切りたかった」ヘイスティングスは言った。「あの打ち合わせが実際にはなんのためだったかを悟って、あまりにも頭に来てしまった」

「この件をほかのだれかに話しましたか？」ボッシュが訊いた。「議員に話しました？」

「いや、あした話すつもりだった。きみたちを首にすべきだと伝えるときに」ヘイスティングスは言った。「この件でリタと話したが、彼女はだれにも話していない」

ヘイスティングスはバラードの目をしばらくじっと見つめた。

「この件をほかのだれにも話さないで下さい」バラードは言った。「議員にも、もちろんテッド・ロウルズにも。リタにも」

「われわれが黙っているあいだにきみたちはなにをするんだ？」ヘイスティングスが訊いた。

「捜査をつづけます」バラードは言った。「われわれは事件の真相にかなり近づいています。そこにたどりついたときまっさきにあなたと議員にお知らせします」

「万一、テッドがわたしに電話してきたらどうする？」ヘイスティングスは言った。

「なんと言えばいい？」

「電話に出ないで下さい」ボッシュは言った。「もしあなたが彼と話したら、彼はあなたがなにか知ってると勘づくかもしれません」

「なんてこった」ヘイスティングスは言った。「こんなこと、とても信じられん」

バラードは立ち上がり、ボッシュも同様に立ち上がった。自分たちがロウルズに対処しなければならないとバラードは理解している、とボッシュはわかっていた――手遅れでなければだが。

ヘイスティングスは座ったままで、みずからの思考に深く沈んでいる様子だった。

「いま気づいたことがある」ヘイスティングスは言った。

「なんです？」バラードが訊いた。

「わたしはサラを殺した男に自分の腎臓を提供してしまったんだ」ヘイスティングスは言った。「ローラ・ウィルスンとほかにだれかいるとしたらその人を殺した男に。あいつを生かして、そんなことをさせてしまったんだ」

「ネルスン、まだそれはわかっていません」バラードは言った。「一歩ずつ捜査を進めていきます。あなたの協力はたいへんありがたいものでしたが、われわれは捜査をつづけなければなりません。最新の情報を個人的にお伝えしつづけることを約束します」

ヘイスティングスは虚空をぼんやり見つめていた。

「大丈夫ですか、ネルスン？」バラードは訊いた。

「ああ」ヘイスティングスは抑揚のない声で答えた。「大丈夫だ」

ふたりは考えこんでいるヘイスティングスを残して、立ち去った。家を出る際にボッシュはリタ・フォードの姿をさがしたが、彼女はどこにもいなかった。ヘイスティングスはいまはひとりきりでいるようだった。

33

ボッシュとともに公用車に戻ってバラードが最初にしたのは、ポール・マッサーの携帯電話にかけることだった。

「ポール、出てきてほしい」バラードは言った。

「マジ？」マッサーは言った。「日曜日だぞ――なにが起こってるんだ？」

「捜索令状が必要で、一分の隙もないものにしたいの。法廷でけっしてこちらに跳ね返ってこないものが要る」

「しかもそれがきょう要るんだ？」

「特急で必要なの。出てこられる？　おおまかなところは説明する。約束する、来たらすぐ帰れる」

「電子メールで送ってもらえないか？　携帯電話で調べられるんだが」

「だめ、いっしょにやれるようポッドに来てほしいの」

「あー、わかった。一時間くれ。いくよ」

「ありがとう。それから、ポール、仕事に向かうことをチームのだれにも話さないで。だれにも」

いったいなにが起こっているのか訊ねられるまえにバラードは電話を切った。丘を下り、サンセット大通りに向かいはじめる。

「その作業におれは必要ないだろ？」ボッシュは言った。「きみとポールで書き上げられる」

バラードはボッシュを見た。

「たぶんね」バラードは言った。「でも、ポールとわたしを合わせたよりもたくさんの捜索令状を書いてきたでしょ。どこかにいかなきゃならないの？」

「おれの車を取りにいき、ロウルズを見張ろうと考えていたんだ」ボッシュは言った。「もしやつを見つけられるなら」

バラードはうなずいた。それは正しい動きだった。

「いい考えね」バラードは言った。「チーム・ファイルを見れば、ロウルズの自宅住所がわかる。それに彼は経営している店舗のひとつの上にオフィスを構えている。サンタモニカにひらいた一号店に。そこが旗艦店で、そこからほかの店舗に指示を出している。その住所は、あなたが自分で調べられるわ。〈ＤＧＰメールボックス＆モア〉という名の店」

「わかった」ボッシュは言った。「ＤＧＰとは？」

「ロウルズがポッドのほかのメンバーに話しているのを聞いたことがある。郵便局にいくな（ドント・ゴー・ポスタル）の略称なんだって。だけど、だれもそうだとは知らないでしょうね」

「なるほど。よく考えた名前だ。乗ってる車の情報は？」

「彼がチームに加わるときに記入した書類は全部コピーして持っている。アーマンスンの警備用に提出した車の型式やプレートナンバーも含め」

「いいぞ、それもおれに寄越してくれ。サンセット大通りまで乗せていってもらい、そこでリフト・サービスの車を捕まえて、自宅まで戻る。そうすれば、余分にきみが運転しなくて済む」

「それでいいの？」

「おれの車はアーマンスンとは反対側にある。きみはアーマンスンにいき、令状を書きはじめなければならない」

　信号が青になって、バラードはサンセット・プラザの角を曲がって、サンセット大通りに入った。不動産会社の正面の路肩に車を停める。ボッシュは車を降りるまえに動きを止めて、その会社のガラス張りの外観を見た。

「どうしたの？」バラードが訊いた。

「たいしたことじゃない」ボッシュは言った。「あそこが高級宝石店だったころ、あそこに関わった事件を調べたことがあった。奥の部屋でふたりの兄弟が殺されたんだ」

「ああ、その事件のことは覚えてる」

「あの事件も結局、堕落した警官が絡んでいたんだ」

ボッシュは公用車から降りると、ドアを閉めるまえにバラードを振り返った。

「ロウルズを見つけたら連絡する」

「了か(ラジャ)——つまり、そうしてちょうだい」

「ほとんど言いかけていたぞ」

「こらえたわ」

「令状が認められることを祈る」

ボッシュはドアを閉め、バラードは車の流れに戻った。割りこまれたと思ったドライバーがクラクションを鳴らした。バラードはバックミラーで確認し、ボッシュが歩道に立って、携帯電話を確かめているのを見た。リフト・サービスの車を呼んでいるのだ。

一時間後、バラードはアーマンスン・センターの自分の作業スペースにいた。テッド・ロウルズの口からDNAの採取をおこなうことを認める捜索令状申請に含まれる相当の理由陳述の仕上げにかかっているところだった。

ポール・マッサーが到着した。彼は半ズボンとたくしこんだポロシャツ姿だった。

「ああ、ゴルフ・コースから引っ張りだしてしまったのね？」バラードは言った。

「たいしたことじゃない」マッサーは言った。「ウィルシャーの十七番グリーンにいたときに、電話がかかってきた。そこから歩いて戻らなければならないところだった。だから、最後のホールをプレーして、軽くシャワーを浴びてから、まっすぐここに来た」

マッサーは着ているゴルフ・ウェアを手で示した。

「ロッカーに着替えがなかったのでゴルフ・ショップで買ったんだ」

「とにかく、相当の理由陳述を書き上げたので、いまから印刷する。それを見てちょうだい」

捜索令状とは、本質的に相当の理由陳述書だった。それによって、市民の財物あるいは身柄の捜索と押収を認めるに足る法的根拠があると判事に確信させなければならない。捜索令状のそれ以外のあらゆるものは、ほぼ文例にすぎない。その申請を受ける判事は、それらすべてをスキップして、まっすぐ相当の理由に向かう場合が大半である。

「きょうはだれが当番だ？」マッサーが訊いた。「もうそれを確認したかい？」

「いえ」バラードは言った。「これをプリンターから取ってくるあいだに、その仕事をやってくれない？」

マッサーが訊いていたのは、刑事裁判所のどの判事が、時間外の捜索令状申請を扱う当番になっているかということだった。これは重要な問題だった。というのも、判事というものは業界関係者——彼らのまえに現れる弁護士や、捜索令状の承認を求めてやってくる警察官に知れ渡っている独自の視点と慣行を持っているからだ。不当な捜索と押収から市民を守る憲法修正四条の強硬な守護者である判事もいれば、気に入らない捜索令状申請を見たことがない強硬な法と秩序の守護者である判事もいる。加えて、彼らは選挙によって法壇についている。個人的なバイアスや政治的なバイアス抜きで自分たちの権力を行使する義務を負う一方で、その目かくしの下からときどき——殺人の容疑をかけられている元警官のＤＮＡサンプル採取を州に認めるかどうかのような——裁定が選挙に与える影響を覗き見ない判事はまれだった。

バラードがプリンターから戻ってきて、マッサーに二ページの相当の理由陳述を手渡すのと同時に、彼は固定電話での通話を終えた。

「カンタベリー判事が当番だ」マッサーは言った。「そして、それはよくない。彼は捜索と押収に非常に厳密な判事だ」

「聞いたことがある」バラードは言った。「別の方法を見つけたほうがいいかもしれない」

たいていの刑事は、相当の理由が問題になりそうなとき、こちらに共感してくれる頼りになる判事と関係を築くことに余念がない。判事ショッピングというよくない慣行だったが、広くおこなわれていることでもあった。バラードは、ハリウッド分署の夜間勤務担当を何年も務めてきたなかで、捜索令状に署名してもらうため真夜中に叩き起こした判事は少なくなかった。もし自分もマッサーもカンタベリー判事のところにいきたくなければ、電話をかけられる判事の名前が連絡先リストに数名載っていた。

バラードはマッサーの手のなかにある書類を指し示した。

「それを読んだら驚くはず」バラードは言った。「その内容をだれにも伝えないでほしい。いいわね？」

「ああ、いいよ」マッサーは言った。「すぐに読みたいものだ」

バラードはマッサーを彼の作業スペースに残し、自分のスペースに戻った。マッサーが相当の理由書類に目を通しているあいだ、バラードはパールマン事件の最初に作成された殺人事件調書をひらき、当初の担当刑事たちによっておこなわれた聴取の記録に目を通しはじめた。記憶は確かだった。ネルスン・ヘイスティングスあるいはテッド・ロウルズの聴取記録はないようだ。そしてそれは当初のラボの報告書にも及んでいた。ふたりとも自分たちの掌紋をサラ・パールマンの寝室の窓敷居（まどしきい）で発見された掌紋と照合されていなかった。

これは当初の捜査の重大な欠陥だった。ヘイスティングスとロウルズはジェイク・パールマンの親しい友人であり、彼の妹と知り合いだった。ふたりは事情聴取を受け、指紋採取をおこなわれているべきだった――クレイマーがそうだったように。ふたりが聴取されていなかったという事実は、一分の隙もない徹底した捜査をしているとバラードには思えたものとは矛盾していた。事件の当初の刑事たちは、すでに亡くなっていることから、この問題をはっきりさせるために連絡を取れる人物はひとりしかバラードには思い当たらなかった。

バラードはネルスン・ヘイスティングスに電話をかけた。

「彼を逮捕したのか？」ヘイスティングスはいきなり訊いた。

「いえ、その段階には至っていません」バラードは言った。「慎重に進めています」

「じゃあ、なにを訊きたいんだね？」ヘイスティングスが訊ねる。

「当初の捜査の聴取記録を見直しているんですが、あなたやテッド・ロウルズの聴取記録がありません。それは理解できないんです。あなたたちはジェイクの友人であり、おそらくふたりともサラを知っていました。覚えていませんか？　なぜあなたたちは聴取されなかったのかを？」

「あの殺人事件が起こったとき、わたしは両親とともに街を出ていたんだ」ヘイスティングスは言った。「警察が両親と話をし、それを確認したので、彼らはわたしを聴取しなかった。それにテッドはあのころ、近くにいなかった」

「どういう意味です？」

「つまり、近くにいたことはいたんだが、ジェイクとクレイマーとわたしのように親しくはなかったんだ。言ってみれば新人みたいなものだった。高校の最終学年で、われわれはみんな卒業間近だった。大学の入学許可証を手に入れており、われわれ三人ともUCLAに入った。すると、その年の夏、テッドも入学すると聞いた。それで、彼を仲間に加えはじめた。いっしょにおなじ大学に通うことになるのだから、面倒をみるつもりだった。ただし、そんなことは起こらなかった」

「なぜです？」

「まあ、ひとつには、わたしが心変わりして、陸軍に入り、ＵＣＬＡには入らなかったことがある。そしてテッドも入らなかった。なにかが起こり、彼はサンタモニカ・コミュニティ・カレッジにいくことになった。その後、サンタモニカで警察官に採用された」

「ＵＣＬＡに入ることになったというのが嘘だった可能性はないですか？　あなたたちに近づけるから、入学を認められたと言ったのでは？」

「わからん。その可能性はある。サラと捜査に関する情報を聞きたかったので、われわれにまとわりついたとでも言うのかね？　胸が悪くなるな」

「その可能性はあります。ですが、殺人事件の時点で、ロウルズは刑事たちが話を聞きたいと思うほどジェイクとは親しくなかったんですね？」

「ああ、そのとおりだ」

「彼はサラを知ってましたか？」

「知っていた可能性が高いと思う。彼女は女子校に通っていて、男の子と出会うためにわれわれのダンスパーティーやイベントによく来ていた。ジェイクが連れてきていたんだ。だから、テッドは彼女を知っていたと思う。あるいは、そういうことから、少なくとも彼女が何者なのか知っていただろう」

バラードはマッサーがそばに来て、隣に立っていることに気づいた。彼が赤線を引いた相当の理由陳述書を手にしているのを見る。バラードは指を一本伸ばし、もうすぐ電話を終えることを示した。

「もうひとつ質問があります」バラードは言った。「二〇〇五年、ロウルズはサンタモニカ市警の警官でした。彼はパールマンの選挙運動に参加はしていたんですか?」

沈黙が下り、やがてヘイスティングスは答えた。

「選挙応援バッジのことを考えているんだな」ヘイスティングスは言った。「答えはイエスだ。あの男はボランティア・スタッフだった。クレイマーが採用したんだ。サンタモニカで勤務を終えると、〈グリーンブラッツ〉にやってきた。その店で、われわれはボランティア全員を集めてから、戸別訪問に出かけていた。テッドはそれを何度かやっていた。家々を回った」

「では、彼はローラ・ウィルスンの住居を訪ね、バッジを渡した可能性がある」バラードは言った。

それは意見表明であり、質問ではなかった。

「ああ」ヘイスティングスは言った。「お時間をちょうだいして、ありがとうございます」バラードは言った。「また、連絡します」

バラードは電話を切り、マッサーに手を伸ばして、書類を受け取ろうとした。

「足りないな、レネイ」マッサーは言った。「残念だが」

バラードはプリントアウトを見た。マッサーは捜索の妥当性を裏付ける事実の陳述箇所を赤い四角で囲っていた。

「なにがまずいの？」バラードは訊いた。

「弱いんだ」マッサーは言った。「ウィルスン事件で採取されたＤＮＡは、腎臓の疾患を示唆していた。ロウルズは腎臓病を患っていたのでヘイスティングスから腎臓の提供を受けた。だが、ロウルズとウィルスンのあいだになんら関連性はない。ウィルスンがパールマンの選挙応援バッジを持っていることは、価値がない。偶然の可能性がある。たぶんそういうバッジは何千個もあっただろう。それがカンタベリーであれ、ほかのどんな判事であれ、彼らの見方だと思う。きみは、ロウルズのＤＮＡ採取と自宅、車、ここの机すら捜索することの許可を要請している。高望みしすぎだ、レネイ。それから、こういうのは残念だが、もしわたしがまだ地区検事補だったら、この令状申請を判事には届けさせないだろう」

「でも、あなたがここにいるのはそのためよ」

「DNAだけ見てみようじゃないか。秘密の採取を検討してみたか？」

「ロウルズは元警官で、わたしたちがヘイスティングスになにをやったのかすでに知っている。いまでは神経質なくらい慎重になっているでしょうね。つまり、彼の机を見てみて。とても綺麗で、だれも座ったことがないみたいに見える。たぶん、わたしたちがヘイスティングスにやっていることを突き止めたあとで、きのうここに来て、綺麗にしたんでしょう」

「うーん、わたしには理解しがたいんだが、正しい相手に目をつけているという確信はあるのかい？」

「彼が容疑者であるのは確信しているけど、だからこそわたしたちは捜索令状を必要としているの。その疑いを証明するか、反証するかの証拠を集めるために」

「わたしたち？」

「ハリー・ボッシュがわたしに協力してくれている。彼はいまロウルズを見張っているはず。だから……万一……」

バラードはなにか思いついて、途中で言葉を切った。

「なんだい？」マッサーが訊いた。

「さきほど話していたのはヘイスティングスだったの」バラードは言った。「ロウルズが二〇〇五年の選挙活動でボランティアをしていたことをヘイスティングスは認めた。ロウルズは戸別訪問をおこない、バッジを手渡していたの」

「ヘイスティングスは、ロウルズがローラ・ウィルスンの住まいのドアをノックしたと言ったのかい、あるいは彼女の住んでいた建物のなかにいたと言ったのか？　ロウルズとウィルスンを直接つなげるものはあるのか？」

「いえ、つなげるものはなかった。ロウルズはジェイク・パールマンの妹が殺されたすぐあとでジェイクの仲間の輪に加わったの」

マッサーは首を横に振った。

「それは申請書の追加部分だ」マッサーは言った。「だけど、カンタベリーに受け入れてもらうには足りない。受け入れてくれるような頼りになる判事はいないのか？　わたしの頼りになる判事は二年まえに引退している」

バラードは一瞬考えてから、返事をした。ひとりの判事が頭に浮かんでいるが、事情が複雑だった。チャールズ・ローワン判事は、刑事としてより女性としてバラードに関心を抱いていた。捜索令状に署名してもらうために彼の家にいくのは、気乗りしない、あるいは得意ではないへつらいが必要だろう。ローワンよりまえなら、バラードにはへつらう必要のない頼れる女性判事がいた。だが、キャロリン・ウィックワイアは、大衆受けする前検察官が対立候補として立候補し、犯罪に弱腰であると主張されて再選を果たせなかった。

「話をしにいける判事がひとりいる、と思う」バラードはようやく言った。

「なら、ヘイスティングスから聞いた話を付け加えて、少し膨らませてみよう」マッサーは言った。「そしてなにが起こるか様子をみよう」

34

テッド・ロウルズの旗艦店である〈DGP〉店舗は、サンタモニカのモンタナ・アヴェニューにあった。ボッシュはゆっくりと車を進め、店の表側の部屋にひとりの男性がいて、鍵を使って私書箱をあけているのを見た。ボッシュはバックミラーを確認してから、車を一時停止させて、しばらく様子を見た。すでにハーヴァード・ストリート近くにあるテッド・ロウルズの自宅のまえを車で通りかかっていたが、家にはだれもいないようだった。

〈DGP〉ショップは、モンタナ・ショップス&スイーツとシンプルに呼ばれている二階建ての建物の一階にあった。そこは一階に小売店が軒を連ね、二階には小規模オフィスが並んでいる一ブロック分の長さの建物だった。東端と西端にある階段から、オフィスのまえに建物の長さ分だけつづいている通路へアクセスできるようになっていた。

〈DGP〉の店は、ふたつのセクションにわかれていた。正面の厚板ガラス窓の向こうには、顧客がキーカードで鍵をあけて、正面ドアから入り、二十四時間年中無休でアクセスできる私書箱が並んでいた。私書箱室の奥には、カウンター付きの出荷梱包センターがあり、段ボール箱や出荷資材が並べられている。

ボッシュは男性が私書箱から小包を取りだしてから、扉を閉め、立ち去るのを見守った。すると、店舗の奥からひとりの男が現れて、カウンターの奥に座るのが見えた。男はテッド・ロウルズではなかったが、だからといって、ロウルズがその店舗のなかや、店の真上に借りているオフィスにいないことにはならなかった。

ボッシュはまたゆっくりと車を進めはじめ、十六番ストリートで左に曲がった。それからもう一度左折して、ショッピング・センターの裏にある路地に入った。ゆっくりと車を進め、裏口のドアにステンシルで書かれている店の名前を読んでいく。路地には車は停まっておらず、十五メートルかそこらおきに駐禁の標識があり、店の裏の壁に大型ゴミ容器が押しつけられていた。ボッシュは監視カメラを確認したが、この裏にはなにも見当たらなかった。

DGPと記されたドアにたどりつくと、いっそう速度を落として、二階のオフィスの窓を見上げた。ロウルズがそこにいるかどうかの手がかりはいっさいなかった。べネチアン・ブラインドがガラスの向こうでかたく閉ざされていた。

ボッシュはスピードを上げ、路地の外れまで進んで、十七番ストリートにたどりつくと、左折し、モンタナ・アヴェニューに戻った。道路脇の駐車スペースが空いているのを目にして、チェロキーをコンパクト・ヴァンのうしろに停め、すばやくそこを確保した。その場所から、各店舗と二階のオフィスに通じている通路がしっかり見えた。当座の最善の方法はこれだと判断する。ロウルズはボッシュを知っていた。容疑者に自分の姿をさらすことなく〈DGP〉の店やオフィスに入っていくことはできなかった。捜索令状に関してバラードから連絡があり、次にどういう動きをすべきかわかるまで待とう、と決めた。

ラジオをKJAZZ局に合わせたところ、エド・リードがシャーリー・ホーンの昔の歌「ヒアズ・トゥ・ライフ」をカバーしているのが聞こえた。リードはゆっくりと歌っていた。その声は彼の人生経験を伝えてきた。

携帯電話が鳴って、ラジオを切らざるをえなくなった。バラードからだ。

「ハリー、どうなってる?」バラードは訊いた。

「まだロウルズを見つけていない」ボッシュは言った。「自宅にはだれもいないようだった。車がなく、人のいる気配がなかった。いまは、モンタナにあるオフィスを見張っているところだ。本人も彼の車も見かけていない。きみはどうだ？　いま車に乗っているような音だが」

「ブレントウッドに向かっているところ」

「ブレントウッドになにがあるんだ？」

「チャーリー・ローワン。捜索令状の申請書を持っている。マッサーが書くのを手伝ってくれた」

ボッシュは、彼女がロサンジェルス上級裁判所判事チャールズ・ローワンのことを話しているのだとわかった。

「ローワンは当番なのか、それとも彼がきみの頼りの判事なのか？」ボッシュは訊いた。

「わたしの頼れる判事」バラードは言った。「マッサーの考えでは、令状の承認を取れるかどうかはぎりぎりのところということなので、わたしの魅力でローワンにゴールラインを切らせることができればと願っている」

「ああ、当時のことを覚えている。あいつは悪評が立っていた。そちらで立ち会おうか？」

「ありがと、ハリー、だけど、あなたはわたしの父親じゃない。ローワンみたいな男に対処するのは、いまにはじまったことじゃない。ひとりで対処できる」

「訊いて悪かった」

「あとでそちらに合流する。ブレントウッドは近くだから」

「ロウルズがここにいるかどうかをまず突き止めないとならない。ヘイスティングスから聞いたことから、おれたちがすぐそばまで迫っていることをあいつは勘づいたかもしれない」

「それをわたしも考えていた。これに署名をもらったらすぐ、ドアを叩いて、あいつが逃げだしたかどうか突き止める」

「オーケイ、おれはここにいるよ」

ふたりは電話を切った。ボッシュは通り越しに〈DGP〉の店舗を見た。ボッシュからは正面の窓越しに出荷カウンターまで見える角度で、先ほどの従業員は次の客が来るのを待ちながら本を読んでいるようだった。

ボッシュはいま確保している見晴らしのいい場所を気に入っており、建物のまわりをもう一周するためここを離れたら、駐車スペースが手に入らなくなるのではないかと怖（おそ）れた。モンタナは大きなショッピング地区であり、駐車スペースはあまり長く空いたままにはならない。だが、あの裏口のドアが気になった。店と上のオフィスをつなど内部階段があるかどうか、ボッシュは知らなかった。どちらにせよ、一組の目では、店とオフィスを完全に見張りつづけるのは不可能だった。署名された捜索令状を持ってバラードが早くここに来てくれることをボッシュは願っていた。

35

バラードが正面玄関にいるのを見て、チャーリー・ローワンの目が輝いた。

「レネイ！　天使の街でいちばんお気に入りの刑事。元気かね、愛しいきみ？」

「元気です、判事。あなたはどうですか？」

「きみを見ることができたいま、上々の気分さ。どんな用件かね？」

ローワンは一歩下がり、バラードの姿をよく眺められるようにした。その視線はバラードに長く留まりすぎた。バラードは嫌悪感を催したが、仕事一筋の建前を崩さなかった。

「おわかりだと思いますが」バラードは言った。「こうしてお話ししているいまも事態が変わろうとしている事件の捜索令状申請書を持参しました。ご説明させていただけますか？」

「もちろんだ」ローワンは言った。「入った、入った」

ローワンはさらに下がったが、ドアをほんの少ししかあけず、バラードがなかに入るにはローワンのすぐそばを通り抜けなければならなかった。バラードの感じている不快レベルが一段階上がった。

ローワンは六十歳をかなり越えており、バラードより優に二十歳は上だった。白髪交じりの頭髪はふさふさで、おなじようなあごひげを生やしていた。並外れて長い耳毛もおなじ色をしていた。

バラードはローワンの自宅に以前に入ったことがあり、彼が何度かの失敗に終わった結婚生活のあと、ひとりで暮らしているのを知っていた。また、右に曲がれば、ダイニングルームがあり、反対側にはリビングルームがあることも知っていた。リビングだと判事はカウチに座っている自分の間近に座ろうとするかもしれない。

「リビングでくつろがないかね？」ローワンが訊いた。

だが、バラードはすでにダイニングに向かっていた。

「こちらのテーブルでけっこうです、判事」バラードは言った。「パートナーが、ある場所でひとりで監視をおこなっており、その状況をつづけさせたくないのです。危険なことになりかねないんです。ですので、これを見ていただければ、わたしはそこへ戻れます」

「よくわかった」ローワンは言った。「だが、物事には順序がある。なにか飲むかね？　アイスティー、シャルドネ、なにがいいかな？」

「あの、判事、わたしが望むのは、捜索令状を読んでいただき、できれば万事なるほどと思い、理にかなっていると思っていただけることです」

バラードはかかる状況で精一杯の愛嬌（あいきょう）のある笑みを浮かべた。それから令状申請書をテーブルの上に置き、判事のために椅子を引いた。バラードは立っているつもりだった。

ローワンはバラードを見て、これが社交目的の訪問にはなりそうにないというメッセージを受け取ったかに見えた。彼は椅子に近づき、腰を下ろした。

「さて、なにを持ってきたのか見せてもらおう」ローワンは言った。

「口頭でご説明できます」バラードは言った。「ですが、もしお読みになりたいのであれば、すべてはここに記されています」

「これを地区検事局には通したのかね？」

「いいえ。判事、わたしは目下未解決事件班を率いており、その班には引退した検事補がいて、彼に目を通してもらい、令状作成に協力を得ました。彼は時間が重要だとわかっているので、本日、日曜にもかかわらず出てきて、取り組んでくれたんです」

「ほお？　その検事補の名前は？」

「ポール・マッサー。地区検事局の重大犯罪課で働いていました」

「彼を知ってるよ。有能な検察官だ」

「そのとおりです」

「さて……見せてもらおう」

判事は最初のページを読みはじめ、バラードは内臓が締め付けられるのを感じた。申請書の最初の四ページは、定型文の法律用語が並んだもので、実質的にどの判事にも提示されるあらゆる捜索令状でおなじものだった。ローワンはそれらを飛ばして申請書の本体——事件の要約と相当の理由陳述——に向かうことが可能なはずだったが、彼はそうしておらず、この訪問をたとえそれ以上でなくとも社交目的の訪問に変えようとしたことを自分がかわしたせいだと思わざるをえなかった。

それでも、判事を怒らせ、捜索令状を判事が拒否することを怖れて、バラードはなにも言わなかった。体重を片方の足から別の足にかけ直し、じっと待つ。

ローワンはなにも言わなかったが、三ページめをめくると、書類から顔を起こさずに口をひらいた。

「ほんとになにも要らないのかね、レネイ？」

「はい、判事、大丈夫です。パートナーが待っていますので」

「なるほど。できるだけ急ぐよ。徹底的に読まねばならない。署名をするのが適切だとわたしが考え、きみを帰らせた場合、これが跳ね返ってきて、控訴審で噛みつかれるのはごめんだ」

「もちろんです（オフコース、サー）」

「チャーリーだ。古くからの友だちじゃないか、レネイ」

「では……チャーリー」

ようやくローワンは事件の事実関係の記述と相当の理由陳述にたどりついた。バラードは腕時計を確認した。モンタナ・アヴェニューで自分がやってくるのを待っているボッシュの身になにか起こるのではないか、と気が気でなかった。

「時計を確認してもなんの役にも立たないよ」ローワンは言った。「きみは急いでいるかもしれないが、わたしは急げない。人の所持品や身体（からだ）の捜索と押収を検討しているときには」

「わかっております、サー」バラードは言った。「つまり、チャーリー」

自分がローワンを拒否したために彼は捜索令状を拒否するつもりだろうとバラードは確信していた。バラードは連続殺人犯を追っているが、この判事は自分のプライドを傷つけられたからといって、その努力を妨げようとするケチくさい男なのだろう。カンタベリーに賭けていればよかったとバラードは悔やんだ。

「レネイ、リビングにいってくれないか？」ローワンが突然頼んだ。

「え、なぜです、チャーリー？」バラードは訊いた。

「なぜなら、リビングにわたしのホームオフィスへ通じるドアがあるからだ。その机にわたしの印章とスタンプ台がある。それを取ってきてくれたらこの令状に署名捺印できる」

「かしこまりました」

驚くと同時にホッとしてバラードは足早に玄関ホールを横切って、リビングに入り、オフィスに向かってひらかれている両開きのドアを通った。机の上のスタンプ台に上級裁判所の印章が付いているスタンプがあった。

ダイニングに引き返す途中で携帯電話が鳴るのが聞こえた。ボッシュからだ。バラードはその電話に出なかった。一刻も早く、この捜索令状に署名と印影をもらい、判事から離れたかった。あとでボッシュに電話を折り返すつもりだった。

36

ＫＪＡＺＺ局のディスクジョッキーは、先週ニューヨークのカーネギー・ホールで八十五回めの誕生日を祝われたロン・カーターにお祝いの言葉を贈った。そののち、彼は、この偉大なバス演奏者が五十九歳と若かったときにリリースしたベスト・アルバム『アト・ヒズ・ベスト』からレオン・ラッセルのカバー曲「ア・ソング・フォー・ユー」をかけた。

その曲は八分間の長さがあり、それが終わると、ラジオを消して、彼女がモンタナ・アヴェニューにもう向かっているのかどうかふたたびバラードに電話をかけて確かめられるようにした。だが、電話をかけるまえに〈ＤＧＰ〉の店内で明かりの具合が変わるのを見た。出荷カウンターの奥が一時的に明るくなり、ボッシュはだれかが店の裏口をあけて、日の光が入ってきたためだ、と推測した。ボッシュはすぐにエンジンをスタートさせ、だれもが欲しがる駐車スペースから車を出した。

今回、ボッシュは路地に入るのではなく、西側の入り口のそばを通りすぎた。それによってまっすぐな路地を二秒かいま見た。路地のちょうどなかほどに一台の車が停まっているのが見えた。その車は〈DGP〉の店の近くにいた。トランクがあいていて、車種の特定や、プレートナンバーがロウルズの車のものかどうか確認ができなかった。

ボッシュは、そのまま車を進めてアイダホ・アヴェニューに到達し、左折して住宅街を通り抜けてから十七番ストリートまで走ると、また左折し、路地の反対端にやってきた。今回、停まっていた車の特徴的なBMWのグリルと、ボンネットのメタリックブルーの塗装を確認できた。バラードから、DGP1と読めるヴァニティープレートを付けた青い二〇二一年型BMW5シリーズというロウルズの車の特徴をショートメッセージで受け取っていた。路地の車はボッシュのいるところから遠すぎて、フロント・バンパーのプレートは読めなかったが、記されているのが四文字分の長さしかないのはわかった。あれはロウルズのBMWであり、彼が店内にいる、と確信が持てた。

そのBMWは東向きに停まっていたため、ロウルズは店を出るとき東側から路地を出るだろう、とボッシュは推測した。ボッシュは車のギアをバックに入れると、十七番ストリートを後退し、路地の南側にある最初の住宅の私設車道に車を停めた。その場所から路地の出入口が直接見えた。

ボッシュがギアをパーキングに入れたところ、バラードから電話がかかってきた。

「ロウルズがここにいる」ボッシュは言った。「あいつの車が店の裏の路地に停まっており、すぐに出発しそうな気がする。いまどこにいる？　令状は手に入れたか？」

「署名をもらった」バラードは言った。「ちょうど出たところ」

「もしあいつが出発したら、一台の車で追尾するのは難しいだろう。尾行する車を警戒していると思われる相手では」

「わかる。いまから向かう」

ボッシュは電話を切り、路地の出入口に注意を集中した。BMWを直接見られないのは気に入らなかったが、自分の車を離れて、ロウルズに見咎められる危険を冒したり、車で走り去っていくのに自分は車から離れていて相手を見失ったりするのもいやだった。

ウインドシールド越しに右側を見ていたので、ボッシュは左側から男が近づいてきて、車の屋根を拳でコツコツ叩いたのを目にしていなかった。ボッシュは驚いて、振り返った。

「あんたを驚かせるつもりはなかった」男は言った。「だが、ここでなにをしているのか聞かせてくれないか？」

「あー、人待ちをしているんだ」ボッシュは言った。

ボッシュは男から視線を外して路地を確認し、また男のほうを見た。

「この近所に住んでいるだれかかい？」男は訊いた。

「あなたには関係ないことだ」ボッシュは言った。

「ところが、わたしに関係しているんだな。ここはわたしの私設車道だ。なぜここに車を停めているのか知りたいもんだね」

「それはすまなかった。道路に出るよ」

ボッシュはエンジンをスタートさせた。

「それだけじゃ十分じゃない」男は言った。「もしあんたがこのあたりをうろつくつもりなら、その理由を知る必要がある。さもなければ警察に通報するぞ」

「ミスター、わたしがその警察だ」ボッシュは言った。

ボッシュは男から視線を外してまえを向き、車のギアを入れた。道路に出ると、右へ曲がった。ゆっくりと路地を通りすぎ、すばやくＢＭＷに目を走らせた。

車はそこになかった。

路地の遠いほうの端でブレーキ・ライトが光るのに目が引き寄せられ、一台の車が右折して十六番ストリートに入るのが見えた。

「クソ」ボッシュは毒づいた。

ボッシュはアクセルを踏み、モンタナ・アヴェニューへと車を走らせた。赤信号でボッシュは交差点にのろのろと車を進めると、左側を見た。青いＢＭＷがモンタナ・アヴェニューに入り、西に向かうのが見えた。ボッシュはおなじ行動を取り、追跡をはじめた。ＢＭＷから一ブロック半の距離を保ちながら。ロウルズはリンカーン大通りに向かっているのだろう、とボッシュは推測した。そこでフリーウェイ10号線に入り、どこでも好きなところへ向かうのだろう。

ボッシュは再度バラードに電話をかけた。

「あいつは移動している」ボッシュは言った。「フリーウェイに向かっていると思う」

「わたしはどこへいったらいい？」

「10号線に入ったら、４０５号線に向かうだろう」

「わたしはいま４０５号線のそばを走ってる」

「じゃあ、４０５号線に飛び乗って、南へ向かってくれ。こちらがそちらに向かったら、また電話する。もしうまくいったら、きみがリードしてくれ。あいつに勘づかれたと思う」

「どうしてわかるの?」

「おれの居場所を通りすぎる必要がないように路地でUターンしたんだ」

「クソ」

「一台での尾行、おれに言えるのはそれだ」

「わかってる、わたしが悪い」

「いや、きみは悪くない。なるべくしてなっただけだ」

「もしかしたら家に帰るだけじゃない?」

「そうだったらすばらしいが、そんなことは起こらないだろう。カレッジ・ストリートは、ここから東だ。もしそこに向かうつもりなら、遠回りをしていることになる」

前方で、ロウルズが予想どおり南へ曲がって、リンカーン大通りに入った。ボッシュは交差点にたどりつき、おなじ方向に曲がろうとしたところ、前方にＢＭＷの姿が見えなかった。次の交差点を通りすぎる際に速度を緩め、すばやく左右を見た。ＢＭＷはどこにも見えなかった。

「クソ」ボッシュは言った。「もう見失ったみたいだ」

「なんですって?」バラードは言った。「どこで?」

「あいつは交差点で曲がってリンカーン大通りに入り、おれがあとにつづいたときには、いなくなっていた。脇道を確認したが、あいつの車はどこにも見当たらない」

「われわれにはあの拭い取り採取が必要よ」

「それはわかってる。だからおれが悪い」

「あなたを非難しているんじゃないわ、ハリー。ただ、腹立たしいだけ。どこに彼はいくと思う？」

「フリーウェイだな。そこから先は、だれにわかる？　空港にいくのかもしれないし、あるいは車で南へ向かいメキシコへいくのか、北に向かってカナダにいくのか」

ボッシュは三つの交差点を通りすぎたが、青いＢＭＷは見当たらなかった。

「わたしはどこにいったらいい？」バラードが訊いた。

「４０５号線にいって、南へ向かうことに変わりはない。おれは――」

ボッシュはその言葉を言い終えなかった。突然、ボッシュは反時計回りにスピンしていた。チェロキーは交差点を斜めに滑っていき、一時停止標識をもぎ取って、停まっている車に衝突すると、突然停止した。

ボッシュは一瞬茫然（ぼうぜん）とし、次に右膝の鋭い痛みでぼうっとした感じが消え、頭がハッキリした。ボッシュは膝を掴んであたりを見まわし、自分のいる位置を確認し、たった いま起こったことを判断しようとした。ウインドシールド越しに、さがしていた青いBMWが見えた。リンカーン大通りのまんなかに停まっていて、前方の助手席側のヘッドライトが衝撃で粉々になっていた。

ボッシュはすぐになにが起こったか理解した。ロウルズがうしろからPIT作戦で車をぶつけてきたのだ——車の後部の角にぶつけて車をスピンさせ、運動方向を変えさせ、コントロール不能の尻振りをさせるよう考えられた追跡戦術だった。

ほんのわずかなダメージを受けただけだが、BMWは動かなかった。道路の中央で動かずにいて、やがて運転席側のドアがいきなりひらくと、ロウルズが出てきた。彼は自分の車の正面にまわりこんだ。最初、ボッシュは自分の車のダメージを確認しようとしているのだ、と思った。だが、ロウルズはBMWの前部をチラリとも見なかった。そのかわり、冷静にボッシュの車に向かって近づいてきた。

ロウルズが銃を片手に携えているのがボッシュには見えた。

「冗談だろ」ボッシュは言った。

ボッシュはセンターコンソールに身を屈(かが)め、あばらの痛みにうめいた。グローブ・ボックスをあけ、手を伸ばし、自分自身の銃を手で包んだ。座席にもたれ直すと、ボッシュは銃をふとももの上で握り締めた。どんな対決がはじまろうとしているのか、ボッシュには見当もつかなかった。

ロウルズは前進をつづけ、近づいてくるといきなり銃を掲げて、発砲姿勢を取った。

「ノー、ノー、ノー、ノー」ボッシュは言った。

ボッシュは銃を掲げて狙いをつけようとしたが、ロウルズのほうが先に発砲した。

ボッシュは鋭い痛みが脳に火花を散らすのを感じた。

37

アスファルトの路面でタイヤがきしむ音につづいて起こった大きな衝突音でボッシュの声が途中で切れた。そして、最後に金属が砕ける音がした。

「ハリー！」バラードは電話に向かって叫んだ。

返事はない。

「ハリー？　そこにいるの？」

またしても返事はなかったが、ボッシュの声が聞こえた。それはくぐもって遠かった。なにを言ってるのか聞き分けられなかった。

「ハリー？　わたしの声が聞こえる？」

するとボッシュの声がはっきり聞こえた。しかし、彼が電話に向かって話していないのは明らかだった。

「ノー、ノー、ノー、ノー……」

そしてそのあと銃声が聞こえた。澄んだ、鋭い発砲音。最初一発、つづいてガラスの砕ける音、それから立て続けの発砲音。数秒間に発射された弾が多すぎて、数えられなかった。そして、最後の一発。くぐもった音で、ほかの銃声から十分な間隔をあけ、とどめの一撃であろうものが聞こえた。

「ハリー！」バラードは叫んだ。

バラードはステアリングホイールを急に切り、Uターンをした。サイレンを鳴らし、フロントグリルに隠されている緊急事態（コード3）の照明を灯（とも）すと、サンタモニカ大通りに向かって車を走らせた。

第二部　聖地

38

ボッシュは診察台の上で上半身を起こして横向きに座っていた。寝そべりたくはなかった。そんなことをすれば入院して、一晩を過ごす羽目に陥るかもしれなかったからだ。ボッシュは最小限しか留まりたくなかった。ＵＣＬＡサンタモニカ病院は、すばらしい病院かもしれないが、自宅に帰り、自分のベッドに戻りたかった。娘に連絡しなければならなかったが、携帯電話がなかった。車をうしろからぶつけられたときに手から飛んでいってしまったのだ。ＥＲの医師がカーテンをあけてやってきて、最終確認をおこない、処方箋を手渡して解放してくれるのをボッシュは待っていた。

ボッシュの負傷は軽かった。実際には撃たれたのだが。あばらの打撲と膝の挫傷、飛んできたガラスによる細かい数ヵ所の切り傷を負い、一発の銃弾が左耳の耳輪上部をかすめた。ありえた可能性に比べれば、まさにニアミスだった。もし銃弾があと三センチほど的に近ければ、ボッシュは今夜を死体安置所で過ごしていただろう。それに関しては、ボッシュは心からありがたいと思っていた。それ以外では、ボッシュはかなり怒っていた。テッド・ロウルズが死に、彼が隠していた秘密がどんなものであれ、彼とともに消えてしまったのだから。

傷口はERの医師の手で綺麗に洗われ、黒い糸で縫われた。医師は、その耳を枕につけて眠らないようにと不必要な警告をした。カーテンで仕切られたほかの診察区画から、たくさんの活動と医療の話がボッシュの耳に入ってきたが、二十分以上、だれもボッシュを診にきていなかった。あと十五分待ってだれも来なかったら、カーテンをあけ、担当看護師に仕事に戻らなきゃならないと告げようと決めた。

だが、そんな事態は起こらなかった。自分で決めた締め切りの五分まえ、カーテンがあき、マディが入ってきた。まだ制服姿だった。勤務先からはるばるやってきたのだ。

「パパ！」

娘が急いで駆け寄ると、ボッシュは立ち上がった。ふたりは強く抱き合い、ボッシュは負傷した耳を懸命に庇（かば）おうとした。

「大丈夫？　レネイが電話してくれたの」

「大丈夫だ。どこも問題ない。ほんとだぞ」

マディは体を引き、まずボッシュの顔、次に耳を見た。

「痛かったでしょ」

「あー、最初は痛かったけど、いまは大丈夫だ。医者の話では、ここにはあまり神経終末はないそうだ」

医師はそんなことを言わなかったが、ボッシュは娘を心配させたくなかった。

「犯人は、そいつは死んだの？」マディは訊いた。

「残念ながら」ボッシュは言った。「あの男と話をしたかったんだが、いまとなれば……」

「まあ、パパが悪いんじゃない。もうＦＩＤと話をした？」

ロス市警警察官による武力行使調査課がボッシュの行動を調査するだろう。たとえ発砲がサンタモニカ市で発生したものであっても。サンタモニカ市警も独自の捜査をするはずだった。

「現場で予備訊問は受けた」ボッシュは言った。「だが、もっと訊問があるのがわかってる。連中はまだ現場にいて、目撃者やカメラやあらゆるものをさがしているだろう」

「一晩泊まらなきゃだめなの？」マディが訊いた。

「いや。担当医が来て、解放してくれるのを待っているんだ。彼が来てくれたら、おれは退院する。ハリウッドでパトロール勤務をするんじゃなかったのか？」

「なにがあったのか聞いて警部がいかせてくれたの。無事でほんとによかったよ」

「ありがと、マッズ。だけど、おれの車がまだ現場にあって、しばらくは取り返せそうにない。もしここを出られるようになったら、家まで乗せていってくれないか？」

「もちろんいいよ。でもレネイが待合室にいる。あたしのあとで、パパと話をしなきゃならないと言ってた。事件のことでって」

「わかった。じゃあ、彼女に送ってもらうよ。車のなかで話せばいい」

「それでいいの？」

「ああ、心配するな。もしおまえが任務に戻らなきゃならないなら、あとで話をしよう」

「電話して様子を確かめるよ」

「おまえが日曜も働いているとは知らなかった」

「うん、木曜から日曜の出勤になったんだ」

「クールだ。あしたか火曜日にランチをいっしょにできるかもしれないな。この膝の状態だと、痛くて机に座るのは無理な気がする」

「ああ、わかった」

娘は約束するのをためらっているようだった。

「最近はあまりおまえに会っていなかったからな」ボッシュは言った。

「うん」マディは言った。「それはあたしのせいなんだ。忙しすぎる。だけど、うん、そうしよう。あしたの朝、様子を確かめるから。もし痛みがひどくないなら、火曜日に出かけよう」

「それでいい、マディ」

「さよなら、パパ。愛してるよ。無事でほんとうによかった」

マディは父親をふたたびハグした。

「おれも愛してるよ」ボッシュは言った。

「じゃあ、レネイをさがしてきて、用は済んだと言ってくる」マディは言った。

そして娘は立ち去った。

ボッシュは今度は医師とバラードを待った。おずおずと耳に指を持っていき、激しい痛みが脳に伝わらずに曲げることができるかどうか確かめようとした。

「触っちゃだめです」

　ボッシュが振り返ると、ERの医師が入ってきていた。医師はシンクにいき、手を洗うと、ボッシュのところにやってきた。彼はボッシュの耳の縫合箇所を見た。

「しばらくひどい見た目になるでしょうが、あなたは気にしないような気がします」医師は言った。

「おれがいま気にしているのは、ここから出ることだけですよ」ボッシュは答えた。

「まあ、帰っていいですよ。院内薬局に処方箋を用意してあります。痛みを抑える目的のみで服用して下さい。痛みがないなら、服用しないこと。頭をはっきりさせたままのほうがいい」

「わかりました。それから、ありがとうございます。感謝します」

「自分の仕事をしているだけです、あなたがご自分の仕事をしているのとおなじように。ですが、二日後にここにきて、それを診させて下さい。感染していないのを確認するために」

「そうします。ありがとうございます。縫合糸はどうなります？」

「そのときに確認しますが、しばらくはそのままにしておく必要があるでしょうね。耳がうちの犬みたいに垂れるようになったらいやでしょ」

「そうですね」

十分後、ボッシュはバラードの車に乗り、ＥＲの出入口の外にある緊急車両用駐車エリアから出ようとしていた。ボッシュは処方箋を受け取らず、痛みが出たときは市販の薬で凌ごうと決めたのだった。

「あなたの家にいきましょう」バラードは言った。

「まず、現場にいってくれ」ボッシュは言った。「見たいんだ」

「ハリー、向こうはだれもあなたに来てほしがらないわよ」

「たんに通りすぎるだけでいい。最大でも五分だけだ」

「わかった。でも、停めないからね」

「ＦＩＤかサンタモニカ市警はきみと話をしたがるんじゃないか？」

「もう話をした。あしたもっとあるかもしれないけど、帰ってもよし、となった」

「マディから、きみがなにか話すことがあると聞いた」

「ええ、箱」

「なんの箱だ？」

「ＢＭＷのトランクにひとつの箱が入っていたの」

「おれが路地であの車を見かけたとき、トランクがあいていた。箱が入っていたかもしれないが、おれは見なかった。どれくらいの大きさなんだ？」

「四十×四十×十五センチ——箱にそう書かれていた。彼の店で販売している発送用の箱」

「見逃していただろうな。なかになにがあったんだ？」

「戦利品が詰まっていた。彼が殺した相手の。被害者はもっといたのよ。たぶん、パールマンからウィルスンのあいだに。そしてそのあとにも。たぶんたくさんいた。長い時間をかけてわたしたちはその箱を調べることになりそう」

「なんてこった」

「だからこそ、彼は最後に自分に手を下したんでしょうね」

「ちょっと待った、どういうことだ？」

「彼は自殺したの」

「いや、おれが撃ったんだ。この目で見た」

「あなたは当てた。だけど、それは致命傷にはならなかった。あなたはあなたの車の正面で彼を撃ち倒した。だけど、そのあとで、彼は銃を自分の口に入れたの。それが彼の最後の銃弾だった」

ボッシュは銃撃戦のことを考えた。あまりに急であまりに激しかったので、細部をマイクロ秒ごとに思いだすのは難しかった。ロウルズからの第一発がウインドシールドを突っ切り、耳をかすめたのは知っていた。ボッシュは応戦し、装弾子のなかの銃弾半分を発射した。ウインドシールドが砕けたおかげで、攻撃を続け、撃ち返してくるロウルズに、残りの銃弾をまっすぐ飛ばすことができた。一発がロウルズの右肩に命中し、彼は倒れた。ロウルズは見えなくなり、ボッシュは最後の一発が聞こえたのを覚えているが、それがロウルズ自身に向けたものだったとは知らなかった。

ボッシュはドアをあけ、地面に転がり出た。血が頭の側面から滴り落ち、そのとき、自分が実際よりは深刻な怪我を負ったと思った。怪我をした脚をひきずりながら、何発装弾子に残っているのか定かではないまま、ボッシュは慎重に車をまわりこみ、助手席側の正面にやってきた。ロウルズが死んで地面に倒れているのを見た。自分が彼を殺したんだと思った。

「FIDの連中はおれにそのことを話さなかったぞ」ボッシュは言った。

「まあ、それが彼らがわたしに話したこと」バラードは言った。

ボッシュは黙りこみ、窓の外を見た。バラードは運転をつづけた。しばらくして、バラードは心配になった。

「大丈夫なの、ハリー?」バラードは訊いた。「わたしの車のなかで吐かないでね」

「吐かないよ」ボッシュは言った。「あの店とロウルズが持っているほかの店のことを考えていた」

「それがどうかしたの？」

「あの男が警察を辞めて、新しい腎臓と新しい人生を手に入れてから、商売をはじめたことをわれわれは知っているだろ？」

「そうね」

「じゃあ、なぜあの商売だったんだ？　あいつが実際にやっていたこととそれはどう関係していたんだ？」

「つまり、あの仕事がなんらかの形で彼に手を貸していたと考えているの？　被害者を見つけるのに役立てていた？」

「わからん。だが、調べてみるべきだ。人はああいう私書箱を借り、その大半はまっとうな使い方をしているだろうが、なかにはそうでない場合もあるはずだ。そのなかの多くは秘密の生活を送っているか、あるいは少なくとも秘めた部分のある生活を送っている。そういう連中は、だれにも知られずに送られたものを受け取る場所を欲しがる。妻や夫に見られるかもしれないので、自宅には送ってもらいたくないものを」

「そして、彼はそれらすべてにアクセスすることができた」バラードは言った。

「おれが考えていたのはそれだ。あの男は、私書箱の壁の反対側にいて、ある意味、全員の取引を見ることができた。それが女性を獲物に選ぶあいつ自身の秘密の生活に役立っていたのかどうかはわからん。それもあいつが死んでしまったせいでけっしてわからないことのひとつかもしれない」

「ほかの被害者の身元を突き止めはじめたら、それがわかるかもしれない。それにわたしにわかっていることから判断して、わたしは彼が死んだことをそれほど腹立たしく思っていないの。彼はあまりに長いあいだ罪を逃れていて、そのどこに正義があるんだろう、と人が考えるのはわかってる。だけど、いま救われた数え切れないほどの命があると思うの」

「そうだろうな」

「だろうじゃない、ハリー。真実なの」

ふたりはリンカーン大通りにやってきた。銃撃戦がおこなわれた交差点は交通警官によってバリケードが張られていた。ボッシュは警察の車置き場に運んでいくため、緑色のチェロキーが平台トラックに載せられているのを見ることができた。ボッシュの知るかぎりでは、彼の携帯電話はまだこのあたりのどこかにあるのだろう。

手を振る交通規制の警官によって脇道へ誘導され、ボッシュは、オレンジ色のバリケードのなかでほかになにが起こっているのか確かめられるほど近くにはいけなかった。バラードは運転をつづけた。

「もう市会議員とは話をしたのか？」ボッシュは訊いた。

「ヘイスティングスと話した」バラードは言った。「だから、なにが起こっているのか議員は知っているはず。だけど、ロウルズとDNAがどんぴしゃり一致するまでパールマンとは話したくないな。おなじことがローラ・ウィルスンの母親にも言える。あしたの朝、検屍局に立ち寄り、血液と指紋類を受け取ってからラボにいく。ダーシー・トロイが血液に関して特急で調べてくれることになっている。潜在指紋のほうは頼りになる知り合いの職員がいないので、どうなるかがわかるのは、向こう次第ね」

「幹部連中はどうなんだ？　あいつを未解決事件チームに加えたことできみは責任を問われたりしないのか？」

「冗談じゃない。もしわたしに責めを負わせようとしたって、こちらにはロウルズを班に加えろときっぱり命じてきたヘイスティングスの電子メールがある。その心配はしていない。どちらかというとあなたのことを心配しているわ、ハリー」

「おれの？　どうして？」

「わたしがあなたをチームに加えた。そして、なに？　たった一週間で、もうあなたは撃たれ、ぼろぼろになり、おまけに車は壊された」

「壊れていないぞ。あの車は戦車だ」

「まあ、だれかが新しいウインドシールドをどこかで見つけられることを祈るわ」

「あの車のパーツはたくさんあるんだ」

「じゃあ、よかった。あの車に乗っているあなたが好きよ、ハリー。丸い穴の世界の四角い釘（ア・スクエア・ペグ・イン・ア・ラウンドホール・ワールド）（「不釣り合いな人」を指す慣用句）みたいで」

ボッシュはそれについてほんの少し考えてから、バラードに自分の計画を話した。

「二日ほど休みを取ろうと思ってる。できるだけ膝を休ませたい。それからギャラガー一家事件の捜査に戻りたい」

「いい計画ね」

39

待合室で三十五分待たされたあげく、ようやくバラードは、議員の用意が整ったと言われた。いまは火曜日の午後で、ロウルズの話は日曜日の夜以降ずっと報道内容が変わらないままだった。それは空中に浮かんだままの謎だった。事件の詳細はほとんど世間には漏れていなかった。主にロス市警がサラ・パールマンおよびローラ・ウィルスンの殺人とロウルズとの遺伝子的結び付きの確認を待っているせいだった。いまのところ、未解決事件班の捜査員が公道で殺人事件の容疑者と銃撃戦をおこない、ひとりが死亡し、もうひとりが負傷したという事実が話の中心になっていた。いっさい名前は公表されず、またいまのところリークもされていなかった。だが、いまから数時間後に市警本部長がロス市警本部ビルの正面広場で記者会見をひらいたとき、すべてが一変するだろう。本部長が発表する内容について事前に議員に注意喚起をおこなうのがバラードの仕事だった。

バラードがパールマンの執務室に入ったところ、ネルスン・ヘイスティングスとリタ・フォードが議員とともに待ち受けていた。議員の大きな机の右側には、シッティングエリアがあり、向かい合った二脚のカウチとそのあいだのガラス天板のコーヒーテーブルで構成されていた。パールマンとヘイスティングスが一脚のカウチの角と角に腰を下ろす一方、フォードは向かい側のカウチの一方の角に座っていた。バラードは残っている角に座るよう合図された。

「バラード刑事、最新状況の報告を待っていたよ」パールマンが言った。「なにを話してくれるのだろうか？」

「お会い下さり、ありがとうございます、議員」バラードは話をはじめた。「本日の午後四時に、市警本部長が記者会見をひらきます。テッド・ロウルズのDNAと掌紋が、妹さんとローラ・ウィルスンの殺人犯のものと一致したと発表する予定です。これによって、ふたつの事件は解決することになりますが、ロウルズと、彼の車やほかの場所で回収された証拠の捜査は継続します。彼がほかの事件にも関係していた可能性があります。複数のほかの事件に」

パールマンは首を横に振った。

「ああ、神よ」パールマンは言った。「すばらしい。ほんとうに終わったのかね？」

「はい、妹さんの事件に関するかぎりは」バラードは言った。「地区検事局が検討し、われわれの事件解決を認めるでしょう。終結のようなものがないのはわかっていますが、このことが議員にいくばくかの心の平安をもたらすかもしれません」

「で、もうひとつの事件は？」パールマンは訊いた。「彼がわたしのために戸別訪問をしていたせいで、彼は被害者に会い、その結果獲物に選んだりしたのかね？」

「そのようです」バラードは言った。

沈黙が下り、やがてヘイスティングスが口をひらいた。

「これが議員に跳ね返ってはならない」彼は言った。

「どういう意味かわかりません」バラードは言った。

「その最後の部分だが、刑事さん」ヘイスティングスは言った。「ロウルズが候補者のため戸別訪問をしているときにローラ・ウィルスンに会ったり、あるいはターゲットにしたりしたことの証明はできないだろ。選挙応援バッジはあるが、それは被害者がどこでも手に入れることが可能だったはずだ。ゆえに、その推測をマスコミには流さないでくれ。もしあなたのところの本部長が流そうとするなら、彼は当事務所の支持をもはや得られなくなるだろう」

「そのメッセージを広報に伝えます」バラードは言った。「本部長が発表したあとで、プレスリリースを出すことになります」

「未解決事件班にロウルズが加わっていたことをどう扱うつもりだ?」ヘイスティングスは訊いた。

「どういう意味です?」バラードは訊いた。

「どうしてロウルズが未解決事件班に在籍することになったのか、きっと賢い記者なら訊ねてくると、きみは予想しているだろ」ヘイスティングスは言った。「そして補足質問で、どんな背景調査がおこなわれたか、訊いてくるだろう」

「んー、その手の質問はわたしには向けられないでしょう」バラードは言った。「ですが、もし質問されたら、マスコミ相手であれ、ほかのだれにであれ、わたしは嘘をつく気はありません。議員が彼をチームに加えることを望んでいる、とあなたがわたしに言ったんです。わたしはそれを上司である警部に報告し、われわれは頼まれたとおりのことをおこないました。あなたからの電子メールをまだ持っていますよ」

自分やロス市警を犠牲にしようとしたら、ヘイスティングスに跳ね返ってくることをバラードはわからせたかった。

「そうだ、あの電子メールはわたしが送ったものだ」ヘイスティングスは言った。「彼をチームに加えろときみに言ったのは、わたしだ。議員ではない。それが真実であり、もし訊かれたら、きみが表沙汰にしなければならないのはそれだけだ」

ヘイスティングスはパールマンを守るため進んで自分を犠牲にするつもりだった。バラードはそこに気概を見た――政治の世界ではめったに見られないものだ。その瞬間、ヘイスティングスへの敬意が高まった。

「わかりました」バラードは言った。

「市警本部長の会見は何時です？」フォードが訊いた。

「四時です」バラードが答える。

「そのすぐあとにこちらも独自の記者会見をひらくべきです」フォードが言った。「そうすることで、当事務所もおなじニュース・サイクルの一部になるでしょう」

「すばらしいアイデアだ」ヘイスティングスが言った。「刑事さん、きみへの質問だ。議員の記者会見に立ち会い、議員が未解決事件班の再起動にあたって力となり、それが殺人犯の特定とふたつの事件の解決につながったと述べてもらえるだろうか？」

「市警の承認を得る必要があると思います」バラードは答えた。

「じゃあ、承認を求めてくれ」ヘイスティングスは言った。「きみが並んでくれればありがたい。そして、きみがかならずや何年かぶりで未解決事件班の復活に先頭に立って戦ってくれた人への敬意を示そうとしてくれるものと思っている」

「上司の警部に確認して、ご連絡します」バラードは言った。

このミーティングが終わったのを感じて、バラードは立ち上がった。パールマンは茫然とした状態から覚めたようで、おなじように立ち上がった。そのときになって、バラードは議員の顔に涙が流れているのに気づいた。バラードがヘイスティングスとフォードとやり合っているあいだにパールマンは亡くなった自分の妹のことを考え、自分の人生に関わっていた人間――友人――が彼女を殺したことを受け入れねばならなかったようだ。

「刑事さん、ありがとうございます」パールマンは言った。「未解決事件班の復活を推し進めたのは、妹の事件を忘れられたくなかったからでした。事件の解決を知ったことで、われわれがこの班の重要性について語ったあらゆる言葉が実証されたのです。それがわたしの記者会見で伝えるメッセージです。いくら感謝してもしたりません。そのことも会見でかならず言います。会見に加わっていただければありがたいです」

パールマンは手を差しだし、バラードはその手を握った。

「ありがとうございます」バラードは言った。

スプリング・ストリートを半ブロック分歩いて、市庁舎から市警本部ビルに向かうあいだ、バラードは先ほどの厳しいミーティングのあいだに自分がおこなった回答を思い返し、みごとなふるまいをしたと自画自賛した。記者会見でパールマン議員といっしょに立つ許可を求めるつもりはなかった——たとえ議員が自分と未解決事件班への称賛を朗々と歌い上げるつもりでいても。それは政治と警察業務の混同となり、最終的には破滅を招くレシピだった。バラードは遠慮しておくつもりだった。

市警本部ビルに到着すると、何人かのTV局のスタッフがロス市警のバッジの大きな金色のレプリカが付いている演壇のまえでセッティング作業をおこなっているのをバラードは見た。そのバッジには、バラードがいま出てきたばかりのアイコン的建物である市庁舎の絵柄が描かれている——シヴィック・センターに勤務する者からはイエローストーン国立公園の巨大間欠泉の名を取ってオールド・フェイスフルと呼ばれていた。毎回、市警本部長が記者会見のため、登壇すると、その背後で、市警本部ビルのガラスのファサードに二十七階建ての高層ビルの姿が映る。それを見ると、政治と警察の任務が実際にはけっして切り離せないことをいやでも思い知らされるだろう。

バラードはバッジをかざして本部ビルに入り、エレベーターで十階に上がった。その階のOCP——市警本部長室（オフィス・オブ・ザ・チーフ・オブ・ポリス）——から廊下を隔ててすぐのところにある広報オフィスで、記者会見の事前会議が予定されていた。

ロス市警のチーフ広報官は民間出身だった。ラモン・リベラという名のチャンネル5ニュースの元記者だ。リベラはバラードをオフィスに招き入れ、バラードはそこに市警本部長も座っているのを見て驚いた。一同は本部長が記者会見で読み上げる声明の中身を検討していた。その声明のコピーが記者に配付されることになる。

バラードは腰を下ろし、リベラからコピーを渡された。その声明には、バラードが電話でリベラに伝えていた事件の詳細も含まれていた。事件の事実を厳密に説明するものだった。そこは記者会見の簡単な部分になるだろう。難しい部分は、どんな質問がなされるか予想し、どういうふうに答えるか決めるところだろう。

一年まえ、バラードが頭に来て辞職したあとで本部長は市警に復帰するよう彼女を促した。バラードが自由に選んだ配属先にするというのが本部長の約束であり、その結果、再編成された未解決事件班を切り回す仕事がバラードに与えられた。いま、本部長は、声明を読み終えてから集まったマスコミ関係者にぶつけられると予想される質問をバラードに訊いていた。

「なぜボッシュはひとりでロウルズを尾行していたのだ？」本部長は訊いた。

「ロウルズ尾行は予定にはなかったんです、実際には」バラードは言った。「ですが、彼には選択の余地がありませんでした。ボッシュはロウルズの車を彼の仕事場の外で見たんです。ボッシュが監視をつづけ、わたしは捜索令状に署名を求めるため判事に会いにいっていました。ロウルズはわたしが現場に到着するまえに出発し、ボッシュは一台の車で尾行するしか手がなかったのです。ロウルズが最初から尾行に気づいていたのか、それとも途中でボッシュの車に気づいたのかは、不明です」

「ところで、きみがボッシュを未解決事件班に採用したんだな？」

「わたしが採用しました。彼はチームでもっとも経験豊富な刑事です」

「あの男が市警にいたとき起こした問題について知ってるのかね？」

「問題ですか？」

「早まった発砲が何度も問題になっている。円満に市警を辞めたわけではない。市警に強制的に引退させられるまえに自分で引退したと噂（うわさ）する人もいる」

「その一部は、はい、知っています。ですが、見つけられるなかで最高のボランティア・チームをまとめたくて、彼はわたしのリストの筆頭にいました。今回、この事件を解決したのは、主に彼のとった行動によるものです」

「彼をチームから外さねばならないとしたらきみはどう思う？」

「理解できません。ロウルズまでつながったのはボッシュの仕事があったからです。

それなのに追いだしたいのですか？」

「そうは言っていない。少なくともまだ。だが、きみが選んだひとりが殺人犯であったことが表沙汰になったとき、われわれはこの班に対する認識の問題を抱えることになるだろう。それがいい印象を与えないのにはきみも同意してくれると思うよ、バラード刑事。そして、もう一度やり直したいと願っているのかどうか疑問なのだ」

「つまり、家の掃除をするということですか？」

「もっといい言葉があればいいのだがね」

「まず第一に、ロウルズはわたしの選択ではなかったということを言いたいです。彼は議員の事務所に押しつけられたんです。わたしはロウルズを欲しくなかったんですが、パールマン議員の統括秘書がわたしに彼を引き受けさせました。その件でギャンドル警部と話し合い、議員の支持を維持するためにロウルズを引き受けることにしました。ですが、このせいで家の掃除をするべきなのか、わたしにはまだわかりません。われわれはいいチームを作り上げました。われわれの法律相談役である元検事補がおり、遺伝子系図学調査の専門家がいて、ほかにも有能な捜査員がいます。ハリー・ボッシュはそのなかで最高の存在なのです」

「まあ、その決定をいったん脇に置いて、マスコミ向けに話をしよう。なんらかの決定を下すまえに、どうなるか様子を見てみよう」

なぜかバラードはすでに決定がなされたと感じた。本部長は立ち上がり、リベラも同様に立ち上がった。

「プリンターから配付資料を取ってくる」リベラは言った。

リベラが部屋を出ていくと、バラードは立ち上がり、市警本部長と向き合った。

「もし未解決事件班をもう一度やり直す必要があると判断されるのであれば、それをわたし抜きでやっていただくことになります。ハリー・ボッシュが出ていくなら、わたしも出ていきます」

本部長は長いあいだバラードを見つめてから、口をひらいた。

「きみはわたしを脅すつもりか、バラード刑事?」彼は言った。

「いえ、まったく」バラードは言った。「わたしはたんに事実を申し上げているだけです。彼が出ていくなら、わたしも出ていく」

「わかった。だが、物事は一歩ずつ進めよう。この件がどうなるか見てから、今後を決めよう」

「わかりました」

40

ロス市警の記者会見はKCAL・TVの午後四時のニュース番組で生放送された。ボッシュは自宅で放送を見ていて、テッド・ロウルズの話を市警本部長が指揮官としての威厳を発揮しつつ、特徴的な細部を数多く省いて語る様子に、座っていて驚嘆した。新しく再編された未解決事件班のメンバーによって、DNA鑑定で連続殺人犯が特定され、同班のメンバーが迫っている最中、犯人が自殺したという話を本部長は語った。殺人犯が彼に迫っているその班の構成員であった事実や、彼が長年の友人であるジェイク・パールマン市会議員によってその班に配属されたことは触れられなかった。たんにロウルズは小規模のチェーン展開をしている事業で生計を立てている男として説明された。未解決事件班の捜査員の名前はだれも言及されず、演壇で本部長のうしろに立っているレネイ・バラードが発言を求められることもなかった。本部長は、班とそれを率いる刑事であるバラードに惜しみない賛辞を送って、用意された声明を五分間で読み上げ締めくくった。この件の結論は、未解決事件班のハードワークと献身、ならびにこれまでシャッターを下ろされていた班を再編した幹部たちの見識のおかげで、あらたな連続殺人犯が取り除かれたということだった。

中途半端な真実を紡ぐことで自信を得た様子で、本部長は、いくつか質問を受け付ける、と言った。それによって、事態は彼にとってあまり嬉しくない方向に向かった。最初の質問は、なぜ未解決事件班を再始動する判断を下したのかという温い投球だった。だが、二番めの質問は、右からストライクゾーンに入ってくるカーブだった。

「情報筋によりますと、ロウルズが自殺するまえに銃撃戦をおこなった相手の捜査員は、ほかならぬハリー・ボッシュという話です。ボッシュはロス市警を引退するまえに何度となく発砲事件に関与しています。今回、彼は復帰しました。わたしの質問は、本部長は相談を受けていたのかということです。あなたはボッシュがチームに加えられることを承認したんですか？」

その質問をした女性は、カメラが演壇と市警本部長に向けられていたため、見えなかった。だが、ボッシュはかすかにカリブなまりのある声に聞き覚えがある、と思った。

市警本部長は話をそらそうとした。

「わたしの声明で申しましたように、現在も一部の捜査は継続中です。そのなかには警察官による武力行使も含まれております。継続中の捜査と人事案件についてはコメントを差し控えさせていただきます。それをするのはこの場ではフェアとは言えますまい。内部調査は地区検事局によって十全にかつ独立しておこなわれると申し上げれば十分でしょう。すべての警察官による武力行使事案について、それがわれわれの決まった手順(プロトコル)です」

本部長が腕を上げ、別の記者を指し示そうとすると、先ほどの質問者が声高に補足質問を彼にぶつけた。

「ハリー・ボッシュによる早めの発砲に関する裁判所の文書では、彼は、西部劇で言うところのガンスリンガー(ガンマン)と表現されています。そのことがこの班に彼を採用する決定に影響を与えたんですか？」

ガンスリンガーという言葉に市警本部長は動揺してまばたきをした。

「あー、わたしはその言葉に聞き覚えがありません」本部長は言った。「いまも申したとおり、警察官による武力行使に関して、今回コメントをするつもりはありません。それでは、本日は時間になりましたので」

市警本部長はすばやく演壇に背を向け、広場を横切り、市警本部ビルの安全な場所を目指した。彼の背中に叫ばれる質問は、答えられることも、認められることもなかった。バラードと広報担当者たちの一団は本部長のあとを追った。ボッシュは本部長のあとを追おうとして背中を向けたバラードの顔を見た。その顔にはっきりと恐怖が浮かんでいるのがわかった。

記者会見のあと、ニュース番組はロウルズ銃撃戦の現場からの生中継に切り替わった。女性レポーターが、ふだん静かな住宅地で録画された住民へのインタビューを紹介した。それはまったくの場つなぎだったのだが、レポートの締めくくりに、パールマン議員が午後五時に記者会見を予定しており、そこで事件とそれに対する個人的な関わりについて話をする、とレポーターは紹介した。

午後五時、ボッシュは、ニュース以外の番組を流していたKCALから、KNBCにニュース番組のはじまりに合わせて切り替えた。キャスターは、市章が張られた演壇の奥にある市庁舎の大理石階段に登場したパールマン議員のライブ映像にすぐキューを出した。

短いスピーチで、パールマンは、未解決事件班の仕事を称賛し、自分の事務所が同班の復活に重要な役割を果たしたことを述べた。また、彼は、ロウルズが妹とローラ・ウィルスンの殺人犯として確認されたことで自分たち家族の心の整理がつくわけではないが、ついに真実を知ることができて、過去の傷を癒せるかもしれない、と言った。

彼もまた、数多くの重要な事実を省いた。すなわち、彼と彼の事務所のチーフ・スタッフがロウルズの化けの皮をはがしたまさにその未解決事件班に彼を起用させたことを。さらに、二〇〇五年の選挙に初めて出馬したパールマンを応援するため、戸別訪問をおこなっている際にロウルズがローラ・ウィルスンを犠牲者として選んだ可能性があることにも言及しなかった。

議員は、質問は受け付けない、自分と家族のプライバシーを尊重してほしいと述べて、短い声明を終えた。その最後の部分を、政治的なダメージを受けかねない質問を避ける手段だとボッシュは皮肉に受け取った。

ボッシュは画面を消し、じっと座って、真実がつねにああいう権力者たちに操作されることについて考えた。秘密にされるべきではないことを知っているのは、ボッシュの心をざわつかせた。

バラードの顔に浮かんだ恐怖の表情について考え、彼女はなんらかの形で無理矢理本部長のそばに立たされ、そうした操作の一部にされているのではないか、という気がした。せめて事前に連絡してくれたらよかったのに、と残念に思った。

そのとき、バラードが連絡してきたのを自分が知らなかったのではないか、と思い当たった。ボッシュの携帯電話は、警察に押収されているか、ロウルズにテールスピンをさせられた際、手からもぎ取られたあとチェロキーの車内のどこかにまだあるかのどちらかだったからだ。チェロキーは警察の押収車両置き場に置かれているのだろう。

ボッシュは立ち上がり、キッチンに向かった。家の固定電話を使って、自分の携帯電話にかけ、メッセージを確認した。二件入っていた。最初のメッセージは、バラードからの事前連絡で、午後二時にかかってきて、ふたつの記者会見のタイミングのあらましを伝えていた。ふたつめのメッセージはシカゴのファニータ・ウィルスンからでつい十分まえに残されたものだった。ファニータは折り返し電話をかけてくれるよう頼んでいた。ボッシュはキッチンのひきだしからペンとポスト・イットを取りだし、彼女の電話番号を書き取った。

固定電話はコードレスフォンだった。ボッシュはそれを自宅の裏にあるデッキに持っていって、電話をかけた。

「ミセス・ウィルスン？」

「ボッシュ刑事、お邪魔をしてすみません。こんなにすぐにかけ直して下さり、ありがとうございます」

「邪魔なんかじゃありません。バラード刑事から連絡はいきましたか？」

「はい。あの人からなにがあったか教えていただきました。わたしのローラを殺した男が死んだのだ、と」

「ええ、彼はわれわれに追いこまれて自殺しました。残念です。わたしは……われわれは、彼を生きたまま捕らえ、罰せられるようにしたかったんですが」

「残念がる必要はありません。罰せられていると思います。彼は地獄にいます」

「はい、奥さん（マーム）」

「ファニータと呼んで下さい」

「ファニータ」

「お電話したのは、あなたがして下さったことにお礼を言いたかったからです。バラード刑事からうかがいました。あなたがご無事で、怪我が早く治るよう祈ります」

「わたしは元気ですよ、ファニータ」

「それから答えをいただいたことにもお礼を言いたいのです。答えのため、持ちこたえている、と言いましたでしょ」

「わかります」

「あなたとバラード刑事に感謝致します。わたしはもういけます……ローラと夫のもとに」

ボッシュはなんと言っていいのかわからなかった。だが、ほとんどの人間がなにかを信じているのはわかっていた。最期にあるのは、なにもない空白だけではないという希望を抱いていることを。

「わかります」ボッシュは言った。

ボッシュはカーウェンガ・パスを越えて、横手に見えるハリウッド・サインを眺めた。ファニータへの返事の不十分さを感じる。

「じゃあ、これで」ファニータは言った。「改めて、ありがとうございます、ボッシュ刑事」

「ハリーと呼んでください」

「ありがとう、ハリー。さよなら」

「さよなら、ファニータ」

ボッシュは手に受話器を摑んだまま、何年も答えを待ったあげく、完全な真実を摑めなかったファニータのことを考えた。ボッシュのなかに深い怒りが込みあげてきた。

ボッシュは脚をひきずりながら屋内に戻り、ノートパソコンで、ある電話番号を検索した。そこに電話をかけ、ロス市警の記者会見で耳にした声の持ち主である記者を名指しして呼びだした。電話が転送されるのを待ちながら、ボッシュはデッキに戻った。山間路の先を眺めていると、かすかにカリブなまりの声が耳に入ってきた。

「ケイシャ・ラッセルです、ご用件はなんでしょう?」

「TVの生放送でおれをガンスリンガーと呼んだな」

「ハリー・ボッシュ。ひさしぶり」

ボッシュはラッセルにどんなふうに名前を呼ばれていたか思いだした。しゃきしゃきのリンゴを齧(かじ)っているようにボッシュには聞こえた。

「DCで政治の取材をしていると思ってたぞ」

「冬にうんざりしたの。加えて、去年、連邦議会議事堂で殺されかけた。故郷に戻り、初恋に、事件取材に戻る頃合いだと判断したの」

「政治取材は事件取材とおなじだと思っていた」

「おもしろい言い草ね。それにあたしに電話してきたのもおもしろい。あなたに連絡したかったけど、このあたりじゃ、あなたの電話番号を教えてくれる人が見つからなかった。文句を言うためにだけ電話してきたの、それともなにか言いたいことがあるのかな？」

ボッシュは思い留まることをいま一度考えたが、すぐにこの事件で抱えていたイメージ――サラ・パールマン、ローラ・ウィルスン、さらにファニータ・ウィルスン――がそのような考えを押しだした。

「きみは利用されたんだ」ボッシュは言った。「まえにサツ回りをしていたときは、もっと賢かったぞ」

「ほんと？」ラッセルは言った。「だれに利用されたの？」

「おれが銃を撃ったときみに告げた情報提供者に。そいつらはおれのことをきみに話したが、残りの話は伝えなかった。すべての真実を表に出すことより、おれを排除することのほうに関心があるんだ」

「この会話はオンレコ？」

「まだだ」

「じゃあ、あたしは切らないと。締め切りを抱えているの。もし記事を提出したあとであたしに会いたいなら、かならずそれに合わせるわ。ひさしぶりだもの。ひょっとしたら、一杯やって、あなたに動物園の人間関係を教えてもらおうかな」

動物園というのはロス市警の古い言い回しだった。コード3の無線連絡——緊急灯をつけてサイレンを鳴らすことが認められている——に応じるのとおなじように市警内の政治を深く掘り下げるときに役に立つ警告だ。第一段階は見極めだ——動物園の人間関係を把握せよ。

「たぶんほんの少しの再編成が終わってからならな」ボッシュは言った。「もしおれがまだ残っていたなら」

「賭けてもいいけど、あなたは残るよ」ラッセルは言った。「あなたがガンスリンガーであろうとなかろうと、あなたはまちがいなく生き残る人間。この記事を提出するまえに、あたしがほんとうに知っておくべきことはなに？」

「現時点では、きみは話の半分しか摑んでいない」

「じゃあ、あたしが摑んでいない残り半分を教えて」

「おれは言える立場にない」

「ガンスリンガーの話を止めて、日曜日になにが起こったのかに絞って書くとしたらどう？　その配慮をしてあげたら、あなたはあたしになにをしてくれる？」

「それはどこからやってきたんだ？」

「〝ガンスリンガー〟？　深く潜らなきゃならなかったよ。一九九〇年代にハニー・

チャンドラーなる人物が提出した中立てからの引用。彼女を覚えてる？　実際の引用箇所は、こう――『ボッシュはまず撃ってから質問をするガンスリンガーである』。あの女はその中立てのなかであなたをカウボーイとも呼んでいる。そこも気に入ったので、あたしの記事でそれも必ず使うつもりでいる」

ボッシュの脳裏に殺されるまえの人権弁護士の記憶が一瞬蘇った。彼女は、ボッシュによい印象を与えようとした人間に殺されたのだった。ハニー・チャンドラーは、長年、ボッシュの宿敵であり、彼女が法律文書のなかや、あるいは公開の法廷でも自分にガンスリンガーのラベルを付けたであろうことに疑いはなかったが、最終的にボッシュは彼女を尊敬していた。

ボッシュは山間路の底にあるフリーウェイを見おろした。ラッシュアワーの最中で動きが止まっていた。

「ああ」ボッシュは言った。「チャンドラーを覚えている。きみがいつもいちばん乗りを目指しながらも正しい報道をしようとしていた記者であるのを覚えているように」

「それは反則だよ、ハリー。メッセンジャーがつねに非難されるんだ。だけど、正しい報道をするのに手を貸してほしいな。もしあなたが手を貸したくないのなら、非難される筋合いはない」

ボッシュは一瞬だけためらって答えた。

「鶏小屋に狐がいたんだ、ケイシャ」

長い沈黙が下り、やがてラッセルが反応した。

「それはどういう意味？」彼女は訊いた。

「その答えをおれから手に入れないでくれ」ボッシュは言った。「どこかほかで確認するんだ。ロウルズが狐だ」

「謎々ばかり口にしてるよ。いま話題にあがっている鶏小屋ってなに？」

「ロウルズは班のボランティアだったんだ。彼はパールマン事件とウィルスン事件に取り組んでいた。おれたちといっしょにな」

「未解決事件班――冗談でしょ？」

「そうだったらよかったんだが」

「で、連中は屈辱を避けようとして隠蔽を試みている」

「動物園の人間関係を知りたがったのはきみだ」

「じゃあ、整理させてね。レネイ・バラードが連続殺人犯を自分の未解決事件チームに入れた」

「ちがう。それは彼女のやったことじゃない。やつは彼女の選択ではなかった」

「じゃあ、だれの？」

「市会議員事務所のネルスン・ヘイスティングスに連絡して、その質問をしてみるべきだな」

ラッセルが電話に手を押し当てていたのはすぐにわかったが、それでもくぐもった笑い声がボッシュに聞こえた。そのあと、明瞭な声が戻ってきた。

「こいつはあまりに最高なネタだわ」ラッセルは言った。

「いいか、自分で確かめるんだぞ」ボッシュは言った。「出どころはおれじゃない」

「心配しないで、ハリー。そうする。あたしを信用してくれるの？　むかしのように」

「ずいぶんまえの話だ。あした新聞を読んだときに、きみを信用できるかどうかわかるだろう」

「夜の十時にオンラインで読めるよ」

「おれは購読していないんだ」

「じゃあ、あしたまで待って。だけど、さっきの一杯やる話は早く実現しましょう」

「きみがちゃんとやってくれたら、酒は奢るよ」

「約束よ。じゃあ、切らないと。締め切りが一時間後なの。それから、ありがと、まだやらなきゃいけない仕事がたくさんある」

「よい狩りを」

ボッシュは電話を切り、山間路をふたたび見おろした。なにも動いていなかった。市の動脈は詰まっていた。

41

バラードはいちばん乗りで仕事に出たかったが、資料室に入ると、コピー室で複数ページのジョブがおこなわれているリズミカルな機械音が聞こえてきた。覗きこむと、ボッシュがさらなるページをコピーさせながら、バインダーの三つのリングに書類をはめようとしているのを目にした。

「ハリー、ここでなにをしてるの？」

ボッシュはバラードをじっと眺めてから、返事をした。

「えーっと、ここで働いているんだ。首になっていなければな。まだそんな話をされていない」

「いいえ、つまり、しばらく休みを取ると思っていたの。怪我が治るまで」

「二日で十分だ。元気だよ。大丈夫だ」

「最後にあなたを見たとき、膝がガクガクしていたようだったけど」

「〈CVS〉で圧迫スリーブを買ったんだ。とてもよく効いている。だけど、脚にメーカーのマークが付くのはかなわない」

バラードは近くにまわりこんできて、バインダーを見た。どうやら一冊の殺人事件調書にまとめようとしているようだ。

「で、これはなに？」バラードは訊いた。

「ギャラガー一家の事件で持っていないファイルをコピーしているところだ」ボッシュは言った。「またこいつの取り組みに戻るつもりだ」

「ファイルの複写の取り扱いについてははっきりさせたと思うけど、それでもあなたはこうなるのね」

ボッシュはなにも言わず、書類の束をオリジナルの殺人事件調書を入れていたリングに戻した。バラードはボッシュがカウンターの上に積み重ねているバインダーの隣に持ってきた箱を置いた。

「話して、ハリー。どうなってるの？」

「いいか、おれは市警を離れて久しいが、カップの底に残った紅茶の葉の読み方はまだ覚えている。連中はきみにおれを排除するよう言うだろう。それはそれでかまわない。すでに起こしてしまった問題以上にきみに迷惑をかけたくない。だが、おれがいなくなったら、だれがこれを調べる？」

ボッシュはカウンターの上にあるギャラガー一家事件の七冊のバインダーを指さした。

「だから、持っていこうと考えたんだ」ボッシュは言った。「そしておれはこの事件に取り組みつづける。マクシェーンを見つけたら、きみに連絡する」

「ハリー、万事問題ないと、あなたに戯言を言うつもりはない」バラードは言った。「だけど、もしあなたが出ていくなら、わたしも出ていくと、言ってやった。直接それを本部長に言った」

ボッシュはうなずいた。

「それには感謝する」ボッシュは言った。「ほんとにそう思ってる。だけど、きみはそんなことを言うべきじゃなかった。それで連中が望んでいることを止めることはないだろう」

「いまにわかる」バラードは言った。

「そうだな。それもすぐさまわかるだろう」

「けさのロサンジェルス・タイムズに載った記事は、役に立たない。もう読んだ？」

「おれはタイムズを読まないんだ」

「本部長の記者会見で言われなかったことがたくさん載っていた」

「それが新聞記者の仕事だ」

「このケイシャ・ラッセルという記者――あなたの知り合いなの？」

「あー、ああ。だが、最後に聞いたところでは、彼女はワシントン支局に異動していた。それは、そうだな、よく覚えてないが、ずいぶんまえの話だ。何年もまえの話だ。彼女がこっちにいるのは驚きだ」

「ええ、そうね、こっちにいる。LAにいるの。彼女が全部公にしてくれた。ロウルズがうちの班にいたこと、議員の事務所が彼をここに押しつけたこと。だからわたしは早くに出てきたの――なぜならネルスン・ヘイスティングスが午前六時に電話してきたから」

「怒ってただろうな。その箱はロウルズの車のなかから押収したものかい？」

「ヘイスティングスは怒っていたし、いまも怒ってる。それから、話をそらさないで。ラッセルにあの話を教えたのがだれであれ、おかげでわたしは大ピンチに陥ってる」

複写機がジョブを終了し、室内が静まり返った。

「それは気の毒だな」ボッシュはやがて言った。「その記事では情報提供者の名前は挙がっていたのか？」

「『情報筋によれば』――それしか書かれていなかった」バラードは言った。「で、ネルスンはわたしがその情報源のひとつだと思ってる。実際のところ、ラッセルはわたしに連絡してきたの。三度も。だけど、わたしは彼女と一度も話していないし、どうやってわたしの番号を手に入れたのか訊くためであろうと、あるいはノー・ファッキング・コメントと言うためであろうと電話していない。自分がやっていないことで責められるいわれはない」

「それがどんなものかわかる。気の毒に。だけど、表に出て、大衆が知ることはいいことだろう。そう思わないか？」

「班がまた閉鎖されなければね。パールマンが与えたものは彼が持ち去ることもできる。そうしない理由がある？　妹の事件は解決した。彼は未解決事件班からほしかったものをすでに手に入れている」

「ロウルズのせいで、連中があそこを閉鎖すると本気で思うのか？」

「あなたもわたしももっとひどい決断が下されるのを見てるでしょ。だから、当面はギャラガーのことを忘れなさいと言ってるの」

「どういう意味だ？」

バラードはまた箱を手に取ってドアのほうを向いた。

「ロウルズはまだ優先度が高い事件なの」バラードは言った。「もしほかの事件と彼を結びつけ、その事件を解決していったら、たぶん連中はわたしたちを切らない。もし切ろうとしたら、だれかがそのことをケイシャ・ラッセルにリークするでしょう。すると連中は旗色が悪くなり、引き下がらざるをえなくなる」

バラードはコピー室を出て、ボッシュをそこに残したままにした。ボッシュがタイムズの記事の裏にいることにバラードは疑いを持っていなかった。午前六時に電話越しにヘイスティングスがわめいている記者の名前に聞き覚えがなかったので、バラードはタイムズのウェブサイト上で検索をかけ、ラッセルの以前の記事を調べたところ、一九九〇年代に彼女がサツ回りを担当していたことがわかった。彼女の記事のなかにハリー・ボッシュという名の刑事が調査していた事件がいくつもあったのだ。バラードはボッシュにイライラしていた。とはいえボッシュがしたことに対してさほど腹を立てているわけではなかった――完全な話を表に出すのは、そもそも市警がすべきことであると、バラードは認めざるをえなかった。彼女はたんにボッシュがまず自分のところに来て、いっしょに計画を立ててくれていればと思った。それに加えて、記事のなかでボッシュが果たした役割を彼が素直に認めてくれればと思っていた。それはバラードが思っていたほどにはボッシュは彼女を信用していないことを示していた。

バラードは箱を取調室に運んだ。ほかの捜査員たちがポッドのそれぞれの作業スペースに三々五々やってきはじめるまで一時間以上あった。それまでバラードは自分の作業スペースに、ボッシュも自分の作業スペースにそれぞれいた。ボッシュはずっと下を向いていたが、バラードは彼がそこにいるのを知っていた。コリーン・ハッテラスがほかの捜査員のなかで最初に仕事に出てきて、すぐに彼女はバラードとボッシュにロウルズや銃撃戦や事件のほかの局面に関する質問を浴びせてきた。ハッテラスもまた、タイムズの記事を話題にしたが、彼女の質問はおおむね、日曜日の銃撃戦以来はじめてバラードとボッシュに会ったことから来るものだった。ボッシュは休みを取っていたし、バラードは市警本部ビルの机を借りて、月曜日から火曜日までそこで働いていた。そうしたほうがＦＩＤの捜査員や広報関係者および市警幹部が容易に連絡できたからだ。

「コリーン、ちょっと待って」バラードは言った。「ほかの面々がやってきたときにおなじ質問に四回答えなきゃならないのはごめんなの。だから、みんながここに揃(そろ)うまで待って。それからわたしの知っていることと、今週みんなにやってもらいたいことを話す。オーケイ？」

「オーケイ」ハッテラスは言った。「わかりました。でも、これは記録に残しておきたいんですけど、わたしはテッド・ロウルズからいやな感じを受け取っていました。同僚だからまえはなにも言いたくなかったんです。だけど、彼がここにいるとき感じたんです——スーパーダークなオーラを。正直言って、それはハリーから来るものかもしれないと思ったんですが、もうわかりました。間違いなくテッドから来るものでした」

「ありがたいな」ボッシュは言った。「おれのオーラがスーパーダークでないのを知ってホッとしたよ」

バラードにはボッシュがそう言うのが聞こえたが、プライバシー用パーティションのせいで、その姿は見えなかった。その返事にほほ笑んだところをハッテラスに見られないよう、バラードは机の上でうつむいた。そののち、真顔になった。

「えーっと、ちょっといいかな、コリーン？」バラードは言った。「ロウルズと今回の一件に関する事後報告を書かなければならないの。それで、あなたには遺伝子系図学調査を停めてほしくない。そのまま調査をつづけ、遺伝子的家系のつながりをさらに進められるかどうか確かめてみてちょうだい。もし今回の事件でその価値を示せるなら、市警幹部に影響を与えられると思う」

「やります、ボス」ハッテラスは言った。「家系図上でLAの枝にロウルズがいることがわかった以上、遡って調べられると思います」

「それはよかった、コリーン。全部まとめられたら教えてちょうだい」

「了解です(ラジャー・ザット)」

バラードは目を丸くした。その二語はバラードをもっともいらだたせるものになりつつあった。

八時半には、マッサーとラフォントとアグザフィがポッドに揃い、バラードは全員から見えるように立ち上がった。

「オーケイ、みなさん、聞いてちょうだい」バラードは話しはじめた。「まず第一に、急な連絡にもかかわらずみなさんが来てくれたことに感謝します。チーム全員で取り組んでもらう必要があるので。わたしたちは、テッド・ロウルズ事件としていまでは知られるようになったものの捜査をまだ終えていません。彼が日曜日にみずからの命を絶ったとき――そしてそうした理由のおそらくひとつとして――彼の車のトランクに箱がありました。それを回収したところ、なかにはほかの被害者のものと思われる私物が入っていました。宝石やヘアブラシ、化粧用コンパクト、小さな彫像やアクセサリー――そういうたぐいのものです」

「戦利品ね」ハッテラスがあたりまえのことを口にした。

「ええ、戦利品です」バラードは言った。「みなさんにやってもらいたいのは、この品物とほかの被害者を結びつけるためにできるあらゆる方法をさぐってもらうことです。確実にわかっているのは、彼は一九九四年にサラ・パールマンを殺害し、二〇〇五年にローラ・ウィルスンを殺害したことです。これは長い空白期間です。そして二〇〇五年からこのまえの日曜日、ロウルズがハリー・ボッシュのおかげで、機能しなくなる日までも長い空白期間があります」

「いいぞ！　いいぞ！」マッサーが言った。

マッサーは立ち上がり、プライバシー用パーティション越しに手を差しだして、ボッシュにハイファイブをしようとした。ボッシュはやむを得ず応じたが、渋々で、心ここにあらずの反応のようにバラードには思えた。

「取調室のテーブルにその品物を並べています」バラードはつづけた。「みんなそこにいって、それぞれを見て、ひとつかふたつを選んで、作業に取りかかってほしいんです。見込みの薄い試みだとわかっていますが、この押収品のいくつかがここにあるほかの事件と適合するかどうか確かめてみましょう」

バラードは未解決事件のすべてが保管されている資料の棚を指し示した。

「わたしたちはみな、答えを待っているたくさんの家族の思いがそこにあるのを知っています」バラードは言った。「みなさんそれぞれ異なる見方をしているかもしれませんが、わたしはパールマンとウィルスンのあいだの期間に照準を合わせたいと思っています。ロウルズはウィルスン事件のあとで病気がわかりました――腎臓移植を受けたのです――そのせいで、殺しの仕事から遠ざかっていた可能性はあります。ですが、わたしはその二件の殺しのあいだの歳月も、彼はたぶん活動的だったと思います。ここに来て品物を見ていただくようパールマン議員を招待しました。彼の妹のものであるなにかを確認できるかもしれないので。ですが、彼がその招待を受けるかどうかわかりません。一方、ラボで拭き取り検査をし、指紋採取をおこなったあとで、きのう全部の押収品を個別に袋に入れました。テーブルに置いているのは、鑑識の追加調査に結びつかない品物です。質問はありますか？」

ラフォントが教室の生徒のように手を挙げた。

「トム？」バラードは訊いた。

「テッドの自宅とオフィスはどうなってるんです？」ラフォントは訊いた。「そこにはなにかあったんですか？」

「いい質問ね」バラードは言った。「強盗殺人課の刑事たちは、月曜日終日、彼の自宅と事務所と彼が借りていた倉庫を調べました。証拠として価値のあるものはなにも見つからなかった。みなさんのほとんどはたぶんご存知でしょうけど、彼は結婚しており、若い娘がいます。どうやら、彼の生活のその部分は切り離していたみたい。言うまでもなく、妻と娘は今回の件でひどいショックに陥ったままです。ロウルズは戦利品をサンタモニカのオフィスに置いていたようで、だからこそ、彼は日曜日にそこにいたんです――戦利品を掴んで逃げるために。車のなかには荷造りをしたスーツケースもありました。逃亡するところだったのね」

「どこにいくつもりだったのかわかってます？」アグザフィが訊いた。

「現時点では不明」バラードは言った。「携帯電話やポケットや車のなかに、彼の行き先を示すものはなにもなかった。彼のパスポートがポケットのなかに入っていたので、メキシコかカナダにいくつもりだったんでしょうね。わたしたちが迫っているのを悟って、とにかくとんずらしようとしていたんだと思う」

バラードは全員を見て、さらなる質問を期待した。

「質問がないなら、とりかかりましょう」バラードは言った。「みんな口にしたくない重要な問題は、ロウルズがわたしたちの一員だったこと。それに対する上の受けはよくありません。だから、これに取り組み、さらなる事件を解決することで、そうした評価を改善できるか確かめてみましょう。わたしたちの価値を見せつけてやるの」

　バラードが腰を下ろすと、ほかの面々は立ち上がって取調室に向かった。ただひとりボッシュを別にして。ボッシュはほかのメンバーが戦利品を見ようとして取調室に入るのを待ち、パーティションの反対側からバラードに話しかけた。

「ケイシャ・ラッセルは、記者会見でおれをガンスリンガー呼ばわりした記者だ」ボッシュは言った。「だから、おれはラッセルにその件で電話をかけた。彼女が街に戻っていて、サツ回りに復帰したのをおれは知らなかった。そして本部長をむきにならせるためだけに彼女はおれをガンスリンガーと呼んだ。それで……おれは口を滑らせてしまった。おれは鶏小屋に狐がいたと言った。あの記者会見で連中がなにをやろうとしているのかわかったからだ。連中がいつもやっているように臭いものにふたをしようとしているのだと……おれはよく考えずに言ってしまったんだ、レネイ。きみに降りかかるとわかっているべきだった。おれはへまをした。すまない」

　バラードはわずかにうなずいた。バラードがすでに知っていることをボッシュが認めたからではなく、バラードにみずから打ち明け、認めたからだった。壊れたと思った信頼は、いま恢復（かいふく）したのだった。

「かまわないわ、ハリー」バラードは言った。「あそこへいって、わたしたちのために事件を解決してくれるものを見つけてちょうだい」

「わかった、ボス」ボッシュは言った。

バラードは笑みを浮かべた。

42

ボッシュは立ち上がり、プライバシー用パーティション越しにバラードを見た。彼女はコンピュータに向かって作業をおこなっており、タイピングする彼女の指が驚異的な速度で動いていた。だが、ボッシュのほうからは画面が見えず、バラードがなにをしているかはわからなかった。どんな作業をしているのであれバラードは、作業から目を離さずに口をひらいた。

「あそこで調べてみるべきなにかが見つかった？」バラードは訊いた。

「いや、まだ見つかってない」ボッシュは言った。「ほかの連中はまだあの部屋にいる。あとで調べてみようと思う、残されたもののなかから。まず、サンタモニカにドライブしようと思っていたんだ」

「なにかの運搬スケジュールについて電話で訊いていたわね。そのこと？」

「ああ。日曜日にロウルズがやっていたことでずっと気になっていたことがあるんだ」

バラードは画面から顔を起こして、ボッシュを見た。

「なに？」バラードは訊いた。

「よし、ちょっと聞いてくれ」ボッシュは言った。「日曜日に、あそこの路地を車で通りすぎた際、ロウルズの車が店の裏に停まっているのを見た。トランクがあいていて、ロウルズの姿はどこにも見えなかった」

「ええ、彼はオフィスのなかにいて、戦利品を集めていた」

「そうだ、われわれは彼がそういうことをしていたと思っている。そして、銃撃戦のあと、戦利品の箱が彼の車のトランクで見つかり、そこにはスーツケースもあった、ときみは言った」

「ええ、後部座席に」

「オーケイ、ならば、なぜ彼は店に入るまえにトランクをあけたんだろう？」

バラードは肩をすくめた。

「なぜなら、彼は自分があの箱を持ちだすとわかっていたから」バラードは言った。

「だが、店のなかに入るまえにトランクをあけておくだろうか？」ボッシュは言った。「それとも箱を持って出てくるまでトランクをあけるのを待つだろうか？　つまり、両手で抱えて運ばなければならないほどあの箱は大きくない」

「どうなんだろう、ハリー。いろいろ考えすぎなんじゃないかしら」

「そうかもしれない。だが、きみがきょうあの箱を運んできたとき、おれはピンと来た。あの箱はスーツケースといっしょに後部座席に置いておくか、助手席に置いておくほうがふさわしい、と。なぜ彼はそれをトランクに入れたんだろう？」

「それが問題かなあ？　わたしたちがけっして確定できない、知ることのできないもののひとつ。既知の未知、あるとわかっているけど、正体はわかっていないもの。どんな事件にもそういうものはある」

「ああ、だが、彼がなにかを取りだそうとしていて、トランクがあいていたとしたらどうだろう？　なにかを捨てようとしていたとしたら？　証拠、ほかの戦利品を。自宅あるいは、どこにあるにせよ、倉庫から全部持ちだし、トランクに入れて、店まで運んでくる。店にはそれぞれの店舗の裏に大型ゴミ容器が並んでいる路地がある。ひょっとしたらおれが路地にいるあいつを見かけなかったのは、視界が大型ゴミ容器に塞がれていたせいだったかもしれない」

「運搬スケジュール。そのゴミ容器は今週空になったかしら？」

「空になるのは明日だ」

「じゃあ、あなたはゴミ容器にダイビングしにいくんだ」

「そうしないと気になってしかたないだろう」

「この電子メールを終わらせてから、いっしょにいくわ。そのあばらとその膝でゴミ容器によじ登るのは止めといたほうがいい。それにわたしは車にＣＳＯを置いてある」

ボッシュはバラードが言っているのは事件現場用つなぎ服（クライム・シーン・オーバーオール）だと知っていた。たいていの刑事は、汚れた事件現場で作業をするためのワークブーツとオーバーオールをトランクに入れている。

「あばらと膝は大丈夫だ」ボッシュは言った。「だが、踏み台か梯子（はしご）は必要だろうな——だれが入るにせよ」

「ビルの管理部門で、なにか借りられるものがあるか、確認してきて」バラードは言った。「この電子メールを送ってから、わたしの車のところで落ち合いましょう」

「まかせとけ」

43

　ふたりはモンタナ・ショップス＆スイーツの裏の路地に五つある大型ゴミ容器の四番めを調べていた。路地の西端からはじめ、東に向かった。ロウルズあるいは事件に関連しているものは、最初の三つのゴミ容器の捜索では見つからなかった。バラードはゴム長靴とネイヴィーブルーのオーバーオール姿で、婦人服店の裏に置かれている緑色のゴミ容器に腰まで埋まって立っていた。つまり、そこのゴミは大部分無難で乾いていた。ふたりがさぐった最初のゴミ容器には、ショッピング・プラザの西端にあるブレックファスト・カフェから出たコーヒー滓やその他のゴミが詰まっていた。

　それぞれのゴミ容器捜索では三日分のゴミを掘り起こさねばならなかった。ロウルズが日曜日に捨てたかもしれないものをさがしているのだから。

「ここにはないな」バラードは言った。

　バラードはフロアブラシの長い柄を使って、ゴミ容器の底の層をつついていた。ボッシュはそのブラシを管理部門から脚立といっしょに借りていた。

「よし、じゃあ、そこから出てきてくれ」ボッシュは言った。

ボッシュはバラードに手を差しだした。バラードは作業手袋を外し、ボッシュの手を摑むと、鉄製の縁に腰を持ち上げ、両脚を振って、脚立に足をつけた。ボッシュは彼女が下りてくるのを手伝った。

「あなたのせいで、たいへんな仕事だわ、ハリー」バラードは言った。

「おいおい、ここに来てくれと頼んだわけじゃないぞ」ボッシュは言った。「もし気が済むなら、最後のはおれが調べる」

「いいえ、服を汚してしまうわ。なにも見つからないし、CSOはクソ暑いので、あなたに辛く当たっているだけ」

いったん脚立を下りると、ボッシュは取りだしたゴミの入った袋を容器のなかに投げ戻しはじめた。

バラードは脚立を持って最後のゴミ容器に移動した。手袋をはめ直し、重たいプラスチック製の蓋を撥ねあげ、袋と箱からなる上層を漁りはじめた。この建物の東側は、大きなインテリアショップが占めていた。ランプや工芸品、キャンドルのような比較的小ぶりな室内装飾品が売られていた。ここのゴミは、ひとつまえのゴミ容器のなかにあったものと似ていて、濡れておらず、ひどいにおいもせず、掘りだしやすかった。ゴミ容器を埋めていたのは、主にぴっちりした発泡梱包材や気泡緩衝材が詰まった配送用の箱だった。配送用木箱の破片も入っていた。

ボッシュもバラードに手を貸し、引き上げたすべてを路地のアスファルトに落として素早くゴミ容器の中身を半分にした。

「ここのどこかの店から出てきてあんたらなにしてるんだと訊いてくる人がまだだれもいないのは、信じられないな」バラードは言った。

「ひょっとしたら、わが友である、怒れる十七番ストリートの持ち家住民がやってくるかもしれない」ボッシュは言った。

「だれ？」

「この裏の住宅地に住んでいる人間だ。おれは日曜日にその男の私設車道に車を停め、ロウルズが動くのを見張っていた。そいつがやってきて、ミセス・クラヴィッツばりにおれの足を引っ張ってくれた」

「ミセス・クラヴィッツって？」

「古き六〇年代のTVドラマ『奥さまは魔女』に出てくる詮索好きな隣人だ。子どものころ再放送で見たことはないのか？」

「わたしが子どもだったころにはやってなかったと思う」

「なんてこった、おれも年を取った」

最初のゴミの層を取り除いてから、バラードは脚立にのぼり、手袋をはめた両手でゴミ容器の縁を摑んで、体を支えると、たくみに両脚を振り回して縁を乗り越え、容器のなかに入った。

「だんだんうまくなってるじゃないか」ボッシュは言った。「あと何年かしたらオリンピックが街にやってくる。きみは殺人事件種目のシモーネ・バイルズだ」

「おもしろい人ね、ハリー」バラードは言った。「これはできれば二度と必要にならないでほしいあらたな便利なスキル」

バラードは縁越しに箱をボッシュに手渡しはじめた。ボッシュは地面にそれを置く場所をさがした。

やがてバラードは容器の底に足を置くスペースを見つけ、比較的重たいゴミを持ち上げるため、ふんばれるようになった。隅にある蓋があいた木箱に注目する。石膏(せっこう)に幅二・四センチのひびが走っている母子像の彫刻が入っていた。バラードはそれを持ち上げようと試みたが、重すぎて、縁を越えてボッシュに手渡すのは無理だと悟った。そのかわり、少し持ち上げ、左側に振って置き直した。その隅を振り返ると、彫像の木箱の下で潰れていた段ボール箱が目に入った。

「ハリー」バラードは言った。「見て」

ボッシュの足が脚立を上る音が聞こえ、やがてボッシュが縁から身を乗りだした。

「膝に気をつけてね」バラードは言った。

彼女はゴミ容器の隅にある潰れた箱を指さした。

「ＢＭＷのトランクで見た箱とおなじサイズだ」バラードは言った。

バラードは手袋を外し、脇にはさんだ。そののち、オーバーオールのジッパー付きポケットから携帯電話を取りだし、カメラを起動させた。左右に体を傾け、三つの異なる角度から三枚の写真を撮影する。そののちビデオを起動させ、携帯電話をボッシュに手渡した。

「いまからあの箱をあける」バラードは言った。「ビデオを撮って」

「わかった」ボッシュは言った。

バラードは手袋をはめ直すと潰れた箱の隣にしゃがみこみ、ボッシュは携帯電話の録画ボタンを押した。

寸法——四十×四十×十五センチ——が側面に記されている以外は、無印の段ボール箱で、きょうの朝、殺人事件資料室にバラードが持参した、ロウルズのＢＭＷから回収されたものとおなじ箱のようだった。封はされていなかったが、上の部分が潰れており、それによってバラードは箱をひらくのに蓋を破らねばならなかった。箱のなかには、いちばん上に折り畳まれた衣服があった。ボッシュがビデオで鮮明な映像を撮影できるよう、バラードは踵に体重を乗せて、うしろに体を反らした。

「寝間着のようね」バラードは言った。「ちゃんと調べるまえにここから出しましょう。ビデオを切っていい」

ボッシュは言われたとおりにし、携帯電話をバラードに返した。バラードは箱を持って立ち上がり、縁越しにそれをボッシュに手渡した。

「ここにはほかになにもないことを確認してみる」バラードは言った。

ボッシュは箱をバラードの公用車に運んで、ボンネットの上に置いた。

バラードはそれから五分かけて、ゴミ容器のなかのゴミを動かし、ロウルズによって捨てられたものはほかになにもないと断定することができた。縁を乗り越えて、脚立を下りてから、バラードはボッシュを手伝って、取りだしたがらくたをゴミ容器に戻した。

バラードは作業手袋を外し、それをオーバーオールの尻ポケットに突っこんだ。そのあとで前ポケットからラテックス手袋を取りだし、はめながら、自分の車に歩いていった。箱をゴミ容器から取りだしてボッシュに渡すとき、畳まれた衣服の下になにか重たいものがあることをバラードはわかっていた。

ボッシュがバラードのあとから、車にやってきた。

「ここで調べたいのか、それとも待つのか？」ボッシュは訊いた。

「ざっと見てみたい」バラードは言った。「なにを手に入れたのかを確かめるの」

バラードは撮影できるように携帯電話をまたボッシュに渡し、さらに箱の中身を吟味できるようにした。バラードは衣服を取りだし、それが白いネルの長袖寝間着であり、襟と袖に刺繍（ししゅう）をほどこされたフリンジがついていることを確認した。襟の内側にラベルはなく、それ以外に識別できるものもなかった。清潔なように見えた。血などの汚れは付いていなかった。

バラードは箱のなかを覗きこめるように位置を変えた。

「ハリー、これを撮って」バラードは言った。

ボッシュはバラードの隣に移動し、箱にカメラの焦点を合わせた。箱の底には一組のピンクのスリッパがあり、大きな爪先の先には鼻が付いていてぬいぐるみのウサギのようだった。その下に、木製の柄の一部が見えた。片手で寝間着を持ち上げたまま、バラードは反対の手を伸ばし、ウサギのスリッパを取りだした。箱の底には、磨かれた木製の柄が付いているステンレススチール製のハンマーがあった。

ふたりは長いあいだ、黙ってそれを見おろしていた。

「殺人の凶器だろうか?」ボッシュは言った。

「おなじことを考えていた」バラードは言った。「そうかもしれない。あとは、事件を見つけださないと」

バラードはハンマーには触れなかった。柄に指紋が付いていて、スチール製の頭と釘抜き部分にはDNAが残っている可能性があるとわかっていたからだ。バラードは慎重にスリッパをハンマーの上に置いて、元の位置に直し、両手で寝間着の肩をつまんで持ち上げて縦に畳んだ。そうする過程で右袖が彼女に向かって揺れ、刺繍付きの袖よりもなにかずっとしっかりしたものの重みを感じた。

バラードは袖の長さに沿って手を滑らせ、袖の内側に引っかかっているなにかを摑んだ。指を袖のなかに入れて動かし、ひとつのブレスレットを取りだした。それは分厚く編みこまれた金属の帯で、チャームがひとつ付いていた。チャームは、絵描きのパレットの形をしていて、縁に沿って六個の色違いのドットがあり、中央にGOの文字が彫られていた。

「IDブレスレット」バラードは言った。「たぶんボーイフレンドのものだったんでしょう。女性の手首には大きすぎる。寝間着を脱いだときに外れたにちがいない」

「あるいは、ほかのだれかが彼女からはぎ取ったのかも」ボッシュは言った。

「その可能性もある。この文字は、ｇｏかしら、それともＧ・Ｏ？」

「それは刻印の字なのか？　おれには小さすぎて見分けがつかない」

「ええ、ＧとＯ。どういう意味だろうな」

「事件とそれをつなげたときにわかるだろう」

バラードはうなずき、路地に目をやって、〈ＤＧＰ〉の店の裏口を見た。

「では、彼はあそこに車を停め、ひとつの箱をいちばん遠いところにあるこのゴミ容器まで運んで捨てた」バラードは言った。「だけど、そのあと、ほかの戦利品の入った二番めの箱をＢＭＷに置いたまま、車を走らせた。それって筋が通るの？」

「いや」ボッシュは言った。「だが、おれはそのことをずっと考えてきた」

「それで？」

「こっちへ来てみてくれ」

ボッシュは車から離れ、六メートル先の路地の端に向かって歩いた。バラードは寝間着を箱に戻すと、その上にブレスレットを置いた。それからボッシュに追いついた。ふたりが路地の外れに達すると、ボッシュは十七番ストリートを斜めに横切って、一九五〇年代に建てられたランチハウスを指さした。モンタナ・ショッピング地区の裏にある最初の住宅だった。

「路地でロウルズの車を目にしたあとで、バックで入ったのがあの私設車道だ」ボッシュは言った。「ロウルズの車は東向きに停まっていた。だから、出ていくときは、こちらから出ていくだろうと思った。ここにいればやつが出ていくのを目にして、追跡できるだろう、と」

「あそこがミセス・クラヴィッツがあなたに立ち向かってきた場所なの？」バラードが訊いた。

「ああ。おれが路地のこっち側を見ていると、そいつが横までやってきて、拳で車の屋根を叩き、きつく文句を言いはじめた。それで気がそれ、おれはその事態に対処するため、路地から目を離した。一国の主のつもりで、おれをそこにいさせたくなかったんだろう、男はやかましかった。で、おれは考えていたんだが……ロウルズはあの箱をゴミ容器に捨てたところで、通りでの騒ぎを聞きつけたのかもしれない」

「確認してみたら、あなただとわかり、一刻も早くここから出なければならないと判断した」

「そうだ。で、あいつは車に駆け戻り、路地でUターンすると、出発した。だが、まだトランクにはもうひとつの箱を置いていた。おれは私設車道から車を出し、路地のここまでゆっくり進み、そのとき、おれはやつが反対側の端から車を出すのを見かけたんだ」

ふたりは黙ってバラードの車まで戻った。バラードは、いま、自分たちは、ふたりとも、これまで紡いできたシナリオを見直し、そのロジックの穴をさがしているのだと推測した。

「なにかが欠けている気がするんだ」やがてボッシュは言った。「なにかがない。なぜあいつは自分の店の裏にあるゴミ容器を使おうとしたんだ？　賢い行動ではない。あいつがここに来る別の理由があったはずだ」

「あったの」バラードは言った。「あなたには言ってなかったんだけど、強盗殺人課が日曜日に店で働いていた男性を事情聴取したの。その人の話だと、ロウルズは裏口から入ってきて、やあ、と言うと、奥の部屋にある金庫に直行したそうよ。全店舗用に予備の現金を保管するために使っている金庫だったんですって。ロウルズは全額持っていった、とその従業員は言ってた。ロウルズのポケットに入っていたものから、その額が九百ドルだとわかっている」

「あいつの逃走資金だな」

「そのとおり。だけど、彼が従業員に言ったのは、購入予定の車の手付けとしてその金が必要だということだった。それで、金庫にあるだけの金を持って、裏口から出ていった」

「その話はつじつまが合うな。彼は現金を取りだすためと、戦利品の箱を捨てるためにここに来た。車を停め、トランクをあけ、まず金を取りに店に入る。そのとき、おれが通りかかって、トランクがあいているのを見たのに、ロウルズの姿はなかった。それからおれはブロックをグルッとまわってあの私設車道で待機した。ロウルズは店から出てきて、最初の箱を路地のいちばん端のゴミ容器に捨てた。万一の場合に備えて、自分の店からいちばん遠いところに。だが、箱を捨てたあとで、おれがあの男に怒鳴りつけられているのを聞いた。ロウルズは様子をうかがい、おれを見て、急いで自分の車にとって返した」

「彼はあなたに出ていくのを見られないよう、路地でUターンをし、反対側の端から出ていこうとした。つじつまが合う。だけど、確かなことはけっしてわからない。二番めの箱を異なるゴミ容器に捨てるつもりだったのかな？　なぜ両方の箱を一度にあのゴミ容器まで運ばなかったんだろう？　その答えをさがそうとしたら永遠に無駄な努力をしそうだ」

「既知の未知のひとつさ」ボッシュは言った。

「まさしく」

「で、いまからどうする？」

バラードは公用車のフロント・ボンネットに載っている箱を指さした。

「これをアーマンスン・センターに持っていき、あのブレスレットを調べてみたい」

バラードは言った。「それからハンマーを鑑識に渡す」

「ハンマーの事件を一度担当したことがある。殺人の凶器であり、ロサンジェルス川から回収したんだ。あの水路のなかで実際に水がある場所で。ハンマーはそこに三十六時間浸かっていて、どこにも汚れがないくらい綺麗に見えた。だけど、鋼鉄製の頭をつなぐ木の部分に血液が付着しているのが見つかった。被害者の血液だった。立件できた」

「では、これが被害者と結びつくという幸運にめぐまれるかもしれない。戻りましょう」

バラードは箱を持ち上げ、トランクに向かった。

「アーマンスンに戻ったら、おれは出かけるつもりだ」ボッシュは言った。

バラードはトランクをあけ、箱をなかに入れた。トランクを閉め、運転席側のドアに移動する。バラードは車の屋根越しにボッシュを見た。

「どこに出かけるの？」バラードは訊いた。

「シーラ・ウォルシュは、もう十分考えが染みこんでいるだろう」ボッシュは言った。「おれが会いにいく頃合いだ」

「ロウルズの件はどうするの？」

「ロウルズはきみに任せて大丈夫だろう。ほかのみんなに取り組ませているじゃないか」

「ひとりでウォルシュに会いにいくつもり？」

「ああ、前回同様。そうしたほうがいい」

ボッシュは自分の側のドアをあけ、車に乗りこんだ。バラードもおなじことをした。

「万が一、彼女の息子がそこにいたらどうする？」

「問題はない。あいつはおれを怖がっている」

「たぶん、怖がってしかるべき理由があってのことでしょうね」

44

ボッシュは火曜日に車のレンタルを予約し、サンセット大通りのベジタリアン・レストランで娘とランチをするため会ってから、〈ミッドウェイ〉の店舗で車を受け取った。事前に自家用車について警察の車庫に問い合わせていたが、警察官による武力行使調査課の刑事がまだその車の引き渡し許可を出していない、と言われた。親切な車庫の職員は、あの車は運転不能である、とも言った。ロウルズとの銃撃戦に先立つ衝突事故でフレームが曲がってしまっているからだ、と。あの古いチェロキーは無敵だとバラードには言ったものの、あれがあの車を走らせた最後になりそうだ、といまボッシュは知った。

ボッシュはレンタカーをシーラ・ウォルシュの家のまえに停めた。仮に彼女がボッシュを警戒していたとしてもこの車に見覚えはないだろう。ボッシュは一分間、車内に座って、考えをまとめ、これをどうやろうかと検討した。ウォルシュが電話をかけてきて、自分と息子に近寄るなと腹立たしげに告げてからほぼ一週間が経っていた。彼女が折れて、どんな秘密であれ、フィンバー・マクシェーンについて知っている秘密を明かさないかぎり、ボッシュは出ていってくれないという心持ちにする必要があった。

ボッシュは車を降り、石敷きの小道を通って、玄関にたどりついた。音高くノックした。なかにいる人間をびびらせることを願っておこなうたぐいの連続ノックだ。なにも起こらない。ボッシュは上着のポケットに手を伸ばし、用意しておいたペーパークリップで留めた書類の束を取りだした。

拳を振り上げ、もう一度ドアをぶっ叩こうとしたとき、シーラ・ウォルシュの声が反対側から聞こえた。

「帰ってちょうだい。なかには入れないわ」

「ミセス・ウォルシュ……シーラ、ドアをあけなさい。ここに捜索令状がある」

「知るもんか。そのいまいましい捜索令状といっしょにどっかへいっちまえ」

「そういうわけにはいかないんだ。もしドアをあけないなら、蹴破るぞ」

「へー、あなたみたいな年寄りが。やれるもんならやってみなさい。デッドボルトをかけてるんだから」

「おれは四十年間、ドアを蹴破ってきたんだ、シーラ。必要なのは力じゃない。圧力をかける場所なんだ。最初に教えられることだ。正しい場所を蹴れば、錠自体が脇柱を壊す。そうなったら、それを直すのに、三、四百ドルかかるぞ——だれかに直してもらうまで家の安全を確保する方法を考えださねばならなくなる。いままでだれもそんなことを考えたことはない。そこの部分はTV番組では見せないからな」

長い沈黙がすぎた。

ボッシュはもしドアを蹴破ることになった場合にするように一歩うしろに下がった。ドアには覗き穴があり、ウォルシュがこちらを見ているだろう、とボッシュは思った。

「下がってろ」ボッシュは言った。「きみに怪我をさせたくない」

足を上げ、蹴ろうとして体をうしろに反らした瞬間、ウォルシュの声がまた聞こえた。

「わかった、わかった！　うちのドアを蹴破らないで」

ボッシュが待っていると、鍵がまわる音が聞こえた。ドアがようやくひらき、シーラ・ウォルシュがそこに立っていた。純粋な憎悪を目に浮かべて。

「賢明な判断だ」ボッシュは言った。

「なにがしたいの？」ウォルシュは訊いた。

「正直言うと、きみの家を捜索する必要があるというより、むしろたんにきみと話をしたいんだ。ただの会話でここを片づけることができるなら、これからの半日を無駄にせずにすむ」

ウォルシュは動かなかった。

「なんについての会話よ？」彼女は訊いた。

「近所の人の目があるところでそれをやりたいのか？」ボッシュは訊いた。「それとも、なかで座って話すのか？」

ウォルシュはうしろに下がり、ボッシュをなかに通した。ボッシュは彼女に嘘をついていなかった。実際、捜索令状を持っていたがそれはとっくの昔に引退した判事が何年もまえに署名した別の事件の令状のコピーだった。

「ここへ」ウォルシュは言った。

ウォルシュはボッシュを今回はキッチンではなくダイニング・エリアに案内した。蓋があいたノートパソコンと書類がテーブルの上に広がっていた。その左側の壁には、スカイブルーの塗装がなされ、いくつかの折り畳まれていないパンフレットやチラシがテープで留められていた。ボッシュはカリブ海やメキシコ湾と思しき地図や、クルーズ船の写真、その特別船室の間取り図、デッキ全体の図面を目にした。ダイニングルームは、ウォルシュのオンライン旅行代理店の本部だった。

「わたしがなにか言うまえに、息子に手出しをしないというあなたの言質(げんち)を取りたい」ウォルシュは言った。「あの子はもう十分大変な目に遭ってきたし、今回のことになんの関係もないわ」

「そんな約束はできない」ボッシュは言った。「四人が死んでるんだ、シーラ。一家全員が。そしておれはそんなことをした男を見つけだすつもりだ。もしそこにたどりつくためにきみの息子を利用しなければならないなら、おれは利用する。じつに単純なことだ。だが、今回のことをどうこうするのは、きみだ。きみが協力すれば、きみの息子におれがプレッシャーをかけたり、彼を雇っている人間に彼の関与を話したりする必要がなくなる」

「それはまちがってる。あの子は関わっていない！」

「ギャラガー一家全員が砂漠の穴のなかに埋められていたのは、まちがっていないときみは思っているのか？」

「もちろん、思ってないわ。だけど、わたしはそれと関係ないわよ！　その恐ろしさをわたしが感じてないと思う？　感じてるわ。毎日、あのことを考えている」

「フィンバーはなにを望んだんだ？」

ボッシュの直球の質問にウォルシュはのけぞった。

「なんの話をしてるの？」ウォルシュは訊いた。

「おいおい、シーラ」ボッシュは言った。「おれがなんの話をしているか、わかっているだろ。きみの息子がここに侵入し、きみから盗んだんだ。きみは幸運なことにマクシェーンの指紋がここで見つかったので、彼のせいにすることができた。だが、犯人はきみの息子であって、マクシェーンではない。マクシェーンは、侵入事件以前のどこかの時点でこの家に来ていた。おれはその理由を知りたい」

「あなたは頭がおかしい。このままじゃすまないわよ。これはハラスメントよ。あなたを訴えることができる」

「ああ、訴えればいい。だが、これをハラスメントだと思うのなら、きみはまだなにもわかっていない。おれはここに来るのをけっして止めないぞ。きみが自分の知っていることをおれに話すまで」

ウォルシュは首を横に振り、テーブルに肘をついて、手のなかに顔をうずめた。

「オー、マイゴッド、どうしたらいいの？」ウォルシュは言った。「あなたはけっして止めないのね」

ボッシュは持参した書類からペーパークリップを外した。書類は縦に折られていた。ボッシュは最後のページを親指でずらし、それを彼女に向かってテーブルの上で滑らせた。

「目をひらくんだ、シーラ。そしてそれを見ろ」ボッシュは言った。「それがきみにここで正しいことをさせるのに役立つはずだ」

ウォルシュは両手をテーブルに降ろした。

「正しいこと？」彼女は抗議した。「いったいなんの話をしてるの？」

「とにかく見てみろ」ボッシュは言った。

ウォルシュは両手の親指でその紙をテーブルに留め、身を乗りだして、読んだ。すぐに彼女は首を横に振りはじめた。

「助けて」ウォルシュは言った。「これはなんなの？」

「カリフォルニア州刑法典のあるページのコピーだ」ボッシュは言った。「刑法典三十二項——殺人幇助（ほうじょ）の罪について記されている」

「なんですって？」

それは質問というより悲鳴だった。

「オー、マイゴッド」ウォルシュはつづけた。「あなたはいったいなにを——」

「最後の行を見ろ」ボッシュは言った。「読め」

「読んだわ。どういう意味なのかわからない。あなたがなにを望んでいるのかわからない」

「出訴期限について書かれている。殺人事件の幇助の期限は三年だ。ここに書かれているのは、きみは罪を免れているということだ、シーラ。たとえきみがなにをしていようとも、きみには法の手は及ばない」

「わたしが彼らを殺すのに関わったと思っているの？　あの綺麗な子どもたちを？　ほんとに頭がおかしいんじゃない？　出てって！　わたしの家から出ていって！」

ウォルシュはドアを指さしながら、立ち上がった。

「座れ、シーラ」ボッシュは冷静に言った。「おれはどこにもいかない」

ウォルシュは動かなかった。彼女は腕をあげたままにしていた。その指はドアを指している。

「座れ、と言ったんだ！」ボッシュは怒鳴った。

ボッシュの声にウォルシュは震え上がった。彼女は倒れるように椅子に座り、パニックを起こして目を見ひらいていた。

「よく聴くんだ」ボッシュは言った。落ち着いた口調に戻っている。「おれは八年まえにきみを調べた。ギャラガー一家が失踪した日付けを調べたところ、きみがメキシコのコスメル島で船に乗っていたのを確認した。写真を入手し、目撃者の証言の真否を確認し、クレジットカードの明細書やあらゆることを確認した。マクシェーンは目撃されないように、だれも警察に通報しないように、きみが旅に出ていなくなるまで待ったんだとおれはわかっている。だが、きみはなにかを知っているはずだ、シーラ。きみはなにかを知っており、いまがそれを話すときだ。きみは法的には無実だ。だから、良心の呵責から逃れるときだ。話してくれ、シーラ。そうすればおれはきみを――そしてきみの息子を――放っておこう。きみの人生からおれは永遠にいなくなろう」

ウォルシュはテーブルに肘をつき、顔のまえで両手を握り締め、コピーに視線を落とした。ほどなくして、紙の上に涙が滴るのをボッシュは見た。

「正しいことをするときだ」ボッシュは言った。「あの美しい子どもたちのことを思い、話してくれ。マクシェーンはここでなにをしたんだ？」

ウォルシュは自分の指をからめあわせ、指の関節越しにボッシュを見上げた。はじめて、ボッシュはその指がなにかに取り憑かれているのを見た。彼女が心のなかで抱えてきたなにかに。

「彼はここにいた」ウォルシュは言った。「わたしに会いに来たの」

ボッシュはうなずいた。それは感謝の印だった。いまがすべての話を引きだすときだった。

「いつだ?」ボッシュは訊いた。

「約束して」ウォルシュは言った。「息子を放っておくと」

「さっき言っただろ。マクシェーンについて話してくれたら、きみときみの息子は放っておく。それは約束だ」

ウォルシュはうなずいたが、落ち着いて、話をまとめるには、長い間が必要だった。

「彼はお金が欲しくてやってきたの」ようやくウォルシュは言った。「まずい投資で手持ちの資金を全部なくしたと言ったわ。わたしを脅迫したの。わたしはあいつが望んでいるものを渡し、あいつは出ていった」

「どうやってきみを脅したんだ?」

「誓って言うけど、わたしはスティーヴンと彼の家族のことは知らなかった。彼らの身に起こったことは、という意味。だけど、彼らがいなくなった年のうちに――だれもが知るまえに――わたしはフィンが事業に対してやっていることに気づいたの」

「計画倒産（バスト・アウト）か？」

「それってなに？」

「機材を売り、おなじように売るための機材をさらに注文する。最終的に事業は崩壊する。だが、それが起こるまえにマクシェーンは行方をくらました」

「それがなんと呼ばれるものであろうと、わたしは彼がしていることを知ったの。わたしは最初からシャムロック社で働いていて、帳簿の読み方も知っていた。その当時、わたしたちはスティーヴンの身に起こったことを知らなかったけど、事業がうまく乗り切れないだろうとわかっていた。わたしには考えてあげなきゃならない息子がいた。それで……わたしは自分の取り分をほしいとフィンに言ったの」

「で、きみの取り分はどれくらいだったんだ？」

「わたしは彼が手に入れている金額を知っていた。わたしは注文書を見て、顧客に連絡して、彼がいくらで売っているのか突き止めた。あんたがなにをやろうとしているのか知ってるよ、全部合算して、その半分を寄越せ、とわたしは言ってやった。四十万ドル寄越さないと、あんたは刑務所いきだ、と。彼はわたしにそれだけの金を寄越した」

ボッシュはなにも言わなかった。その沈黙が彼女に話をつづけさせることを願った。

「だけど、そのあと……彼らが見つかった」ウォルシュは言った。「モハーヴェ砂漠のあそこで。そしてフィンが姿をくらました。わたしは自分がどのように見えるかわかっていた。自分が片棒を担いでいるように見える、と。わたしは自分の知っていることを言えなかった。だれにも言えなかった。自分が有罪に見えるから」

長い歳月が経ってようやく話の一部が判明してボッシュはうなずいた。前回ここに来たとき、シーラが言っていた道徳的宇宙の弧について考えた。そのとき、その弧が自分のほうに向かって曲がってきているのを彼女は知っていたのだろうか。

「金の無心のため、彼がここに来たという話だった」ボッシュは言った。「きみはどれくらい彼に渡したんだ?」

「四十万ドル丸ごと」シーラは言った。「全額。わたしは一度も手をつけなかった。彼がやったことを知ってからは手をつけられなかった」

「その訪問があったのは正確にいつだったんだ? 侵入事件をきみが通報するどれくらいまえのことだ?」

「数週間まえ。ひょっとしたら一ヵ月まえだったかもしれない」

「数分まえにきみは彼がきみを脅したと言った。正確にはどうやって脅したんだ?」

「金を寄越さないなら、息子がひどい目に遭うぞ、次に会うとき息子は検屍局の解剖台の上だ、と言ったの。それから金のことで警察にたれこんでやる、おまえは逮捕されるだろう、と言った。わたしは出訴期限や、そういうものを知らなかった。だけど、息子は——当時、あの子にはわたしが必要だった。そんなことを起こさせるわけにはいかなかった」

ボッシュはうなずき、黙ったままでいた。

「だけど、彼はわたしを脅す必要はなかった」ウォルシュは言った。「あるいは息子を脅す必要はなかった。わたしはあのお金を欲しくなかった。モハーヴェのあとでは」

ボッシュはまたうなずいたが、今回は口をひらいた。

「なぜきみは侵入事件のあとで警察に通報したんだ？」ボッシュは訊いた。「息子がやったと知っていただろ」

「知らなかったの！」ウォルシュは言った。「そんなこと思いもしなかった。実の息子がやったことで警察に通報すると思う？　ジョナサンが打ち明けるまで、わたしは知らなかったの。わたしが警察に通報したのを知ると、息子は事実を打ち明け、お袋、おれを守ってくれ、と言ったの。警察が連絡してきて、マクシェーンと彼の指紋のことを訊いたとき、どうすればいいかわかった。マクシェーンだったと言えばいい」

「彼はどこにいるんだ、シーラ？」

「息子？　どこかは知ってるで――」

「いや、マクシェーンだ。彼はどこにいる？」

「知らないわ。どうしてわたしが知ってるの？」

「きみはマットレスの下に現金で四十万ドルを隠していて、それを彼に渡したところ、彼は出ていった、と言うつもりか？　なんらかの送金手続きがあったはずだ」

「ビットコインだったの。その形で彼はわたしに寄越し、その形でわたしは持っていた。このノートパソコンを使って、彼に送り返したわ。そのとき、彼はわたしの文鎮を手に取ったの。文鎮を持ちながら、わたしを見張って、どうやればいいのか指示した」

ボッシュはそのような資金移転を追跡するのは、不可能に近く、物理的な居場所にはけっしてつながらないだろうとわかっていた。

「半分の金を失ったのは、なんの事業だと言ってた？」ボッシュは訊いた。「彼はきみになにか言ったはずだ」

「こう言ってたわ——『けっしてバーには投資するな』と」シーラは言った。「それを覚えている。それだけよ」

「そのバーの名前はなんだ？」

「彼は言わなかった」

「そのバーはどこにある？」

「それも言わなかった。わたしは訊いたりする気にまったくなれなかったの。ひたすら、彼には出ていってほしかった」

六年以上まえに破産した、場所もわからず、名前もわからないバーを追跡するのは、ビットコインを追跡するようなものだと、ボッシュにはわかった。不可能だ。話の把握は完全なものになってきたのに、フィンバー・マクシェーンには少しも近づいていない。ボッシュはテーブルの上の古い捜索令状に視線を落とし、それにペーパークリップをはめ直しはじめた。

「彼はあなたの役に立つかもしれないことをひとつ言ってた」シーラが言った。

ボッシュは顔を起こして、ウォルシュの目を見た。

「だけど、このことがわたしや息子に跳ね返ってこないという保証が欲しい」ウォルシュは言った。「それにジョナサンはわたしがやったことをけっして知ることができないという保証が」

ウォルシュはまた泣きだした。今回は、それを両手で隠そうとはしなかった。ボッシュはうなずいた。

「道徳的宇宙の弧は正義に向かって曲がるんだ、シーラ」ボッシュは言った。「おれの役に立つようななにをマクシェーンは言ったんだ？」

ウォルシュはうなずき、両手で頰の涙を拭った。

「彼はそこの壁に貼ってあるわたしのパンフレットを見て、こう言ったの――『世界でたった一ヵ所、夜明け(ドーン)で日没を見られる場所がある』」

ボッシュは壁を見上げたが、どういうつながりがあるのかわからなかった。

「言いたいことがわからん」ボッシュは言った。「それはどういう意味だ？」

「夜明け(ドーン)号という名の船があるの」ウォルシュは言った。「ノルウェージャン・クルーズライン社の持ち船。その船はフロリダ州タンパに停泊しており、毎週、キーウェスト島まで航行して、一日停泊し、バハマ諸島まで航海して、ぐるっとまわって戻ってくる。人気の高い旅行プランなの。その船に乗る旅行をわたしは何度も売って、たくさんのコミッションを稼いだ。彼がそれを言ったときなにを言ってるのか正確にわかった。なぜなら、そのくだりをまえに聞いたことがあるから。セールストークの一部なの。キーウェストですばらしい日没が見られる。とくに夜明け（ドーン）号のデッキから」

ボッシュは壁にテープで留められているパンフレットを見上げ、ノルウェージャン・ドーン号を見た。

シーラは、テーブルの脇に折り畳まれて置かれているパンフレットの束のひとつに手を伸ばし、一部選ぶと、それをボッシュに手渡した。

「さあ」ウォルシュは言った。「持っていって」

「ありがとう」ボッシュは言った。

ボッシュはパンフレットを見て、ひらいた。水着姿で船のプールではしゃいでいたり、カラフルな船遊び用の服を着てデッキをそぞろ歩いていたりする幸せそうな人々の姿が載っていた。デッキの手すりのところに並んで日没を眺めている人々の写真すらあった。キーウェスト、とボッシュは思った。いまやボッシュは自分がどこにフィンバー・マクシェーンをさがしにいくのかわかった。

45

バラードは集密書架のハンドルをまわして、自分の体を滑りこませ、二〇〇二年の事件を収めたところにいけるくらいの幅だけ広げた。殺人事件調書の背に記された事件番号に指を走らせ、さがしていたバインダーを抜き取る。

バラードが作業スペースに戻ると、コリーン・ハッテラスがそこに立って待っていた。

「なんの用、コリーン？」

「たいしたことじゃありません。いまあなたがしていることでなにかお手伝いできることはないかなと思って」

ハッテラスはバラードの机の上にある箱を身振りで示した。サンタモニカのテッド・ロウルズの店舗の裏にある路地の大型ゴミ容器から回収してきた箱だ。

「大丈夫」バラードは言った。「これについて遺伝子系図学調査の観点は、いまのところあまりないかな」

「代わりに電話をかける仕事をしてもいいですよ」ハッテラスは言った。

「まだ電話をかける先はないの。これは可能性のある七つの事件のなかで七番目。最初の六つの事件には該当しなかった——わたしの見解では」

「具体的になにをさがしているんです？」

「白い寝間着とウサギのスリッパとブレスレットがなくなっている事件。それに、死因として鈍器による外傷も加わるでしょうね」

バラードは椅子に腰を下ろし、取ってきたばかりの殺人事件調書をひらいた。それから目次をめくって、初期の事件報告書のページにたどりつく。

「うしろから読みましょうか？」ハッテラスが言った。「いまあまりやることがないんです。ロウルズに関する遺伝子系図学調査は、底を突きました。いまは反応を待ってます。以前に調べていた事件に戻ることもできますが、こんなにもたくさん答えられていない疑問があるのにロウルズから手を離すのはいい気分がしないんです」

「戦利品はどうなの？　それを調べていないの？」

「調べましたけど、壁に突き当たりました。事件を解明するようなつながりは見つかっていません」

ハッテラスになにかやることを与えないと、一日じゅう付きまとわれるだろう、とバラードはわかっていた。

「じゃあ、こうしよう」バラードは言った。「わたしがこの最後の事件を調べているあいだ、これを持っていって、なにが見つかるか見てみて」

そう言いながら、バラードは段ボール箱に手を伸ばし、寝間着の袖から見つかったブレスレットを取りだした。ビニール製の証拠袋に入れていたのだ。バラードはそれをハッテラスに渡した。

「わかりました」ハッテラスは言った。「なにをさがしてるんです?」

「なんでも、どんなものでも」バラードは言った。「だれがそのブレスレットを作ったのか? どこで売られていたのか? チャームにイニシャルがついている。少なくとも、イニシャルのようだとわたしは思ってる。だれがその文字を彫り、だれのイニシャルなのか知ることができたら嬉しい。すでにデジタル化された押収品報告書を検索してみたけど、該当しなかった。だから、残されているのは、ブレスレットの由来を調べてみることくらい。可能性の低いことだけど、やってみてちょうだい、いい?」

「わかりました」

「ありがと」

ハッテラスは骨を与えられた犬のように立ち去った。失敗に終わるミッションだとバラードは思っていたとはいえ。だが、すべての底を調べてみる、そしてハッテラスに頻繁に邪魔されないようにする、という意味では価値のあることだった。

バラードは資料棚から取ってきたばかりの二〇〇二年の事件の初期要約書を読んだ。被害者の名前はベリンダ・キング。彼女は殺されたとき二十歳の若さだった。ヴェニスのオークウッド地区にあるアパートの浴室の床で彼女の裸の遺体が発見された。キングは近くのサンタモニカ・コミュニティ・カレッジの学生で、クリエイティブ・ライティングを勉強していた。バラードは、ロウルズがサンタモニカ・コミュニティ・カレッジに通っていたことを思いだした。それはベリンダ・キングのほんの数年まえだったであろうと思われる。だが、それはたんなる偶然かもしれなかった。

ベリンダ・キングは、バラードがデジタル記録の検索に入力したほぼすべてのパラメーターと一致していた。バラードはそのパラメーターを、ゴミ容器から回収した箱で見つけた品物と、テッド・ロウルズの殺害パターンの既知の要素から抽出していた。若い女性で、DNAを残さずに自宅に侵入した未知の人間に夜間襲われた被害者をさがしているのだ。被害者はまた、裸で発見されているだろう——ロウルズが寝間着を持ち去ったと考えれば——そして死因は、ハンマーの殴打によるものと特定されてなくとも、鈍器による外傷である可能性が高い。被害者には、チャーム・ブレスレットをくれたボーイフレンドあるいはフィアンセがいたかもしれない。バラードがその検索手順でチェックを入れなければならない最後のボックスは、事件が未解決であることだった。

その検索で七件該当があり、キング事件はバラードが引っ張りだした七番めの殺人事件調書だった。最初の六件は、完全に退けられたわけではなかったが、さまざまな理由からバラードにはしっくりこなかった。この七番めの事件が決定打となってくれることを期待していたが、要約書から事件現場写真に移るにつれ、テッド・ロウルズが殺害した可能性のある事件ではない、とすぐに見切りをつけた。被害者は裸で発見され、撲殺されていたが、あの寝間着を楽に着るには彼女は体ががっしりしすぎだとバラードは判断した。加えて、事件の状況から、捜査員たちは、被害者が殺人犯と知り合いであり、同意に基づくセックスをおこなったあとで、相手が暴力的になった可能性があると信じるに至っていた。性的暴行を示唆する形跡はなかった。

がっかりして、バラードは椅子に寄りかかった。殺人事件調書を閉じ、それまで目を通したほかの事件の調書の束の上に置いた。資料棚にそれらを戻さないでおこうと決める。殺人事件担当刑事として長い経験を持つハリー・ボッシュにこれらの事件を見てもらい、それぞれについての自分の結論を肯定するなり否定するなりしてもらうつもりだった。

一日無駄になったフラストレーションを脇に置き、ロス市警のデジタル犯罪データをもう一度調べてみることにした。今回は、記述子フィルターの要素をひとつ外し、適合する事件がもっと出てくるか確かめることにする。

落とした記述子は、適合する事件が未解決であるという条件だった。バラードは、「すべての事件」のボックスにチェックを入れ、あらたな検索によって、さらに九件の類似した事件が抽出された。アーマンスン資料室には、未解決事件の殺人事件調書しか置いていないため、データベースで調べ、デジタルの事件概要に目を通し、もっと詳しく調べてみる必要がありそうな事件の被害者の名前と事件番号を書き留めた。このかなり骨の折れる見直しをおこなえば、当初の捜査員たちのところにいき、解決済み事件ファイルから殺人事件調書を取りだし、聴取をおこなわねばならなくなるだろう。

バラードは九件の抽出事件に素早く目を通したが、手帳には一件の事件内容も書き留めなかった。いずれもサラ・パールマンとローラ・ウィルスンの殺害方法と似ていたが、陪審評決後の有罪判決によって、あるいはふたつの事件では、有罪答弁によって、いずれも解決していた。そのいずれも不当な有罪判決、あるいは虚偽の自白である可能性はあったが、省略された抄録だけでは、それぞれの事件になにか疑わしいものがあると判断するのは不可能だった。抄録の形では、いずれも簡略化された事件要約と顔写真があるだけだった。ほかにはなにもない。

バラードはデータベースからログオフすると、ため息をつき、終日空回りしていたとわかっていらだった。

ハリー・ボッシュの支えになる言葉が必要だと感じた。時間を無駄にしたことをボッシュに愚痴れるし、彼から叡智と励ましの言葉が返ってくるだろうとわかっていた。うまくいく手がかりよりも行き止まりのほうがつねに多いのが殺人事件捜査だとボッシュはつねづねバラードに教え諭してくれた。ボッシュにとって、それがこの仕事の基本方程式だった。野球みたいなものだ、とかつてボッシュはバラードに言ったことがあった。最高のバッターでも打席に立った半分以上はうまくいかない。殺人事件の捜査で手がかりを追うのも似たようなものだ、と。

バラードは携帯電話を取りだして、ボッシュにかけたが、直接ヴォイス・メールにつながった。

「ハリー、わたし。機会があったら、かけ直して。きょうがどれほどうまくいかなかったのかについて、あなたと話をする必要がある。さよなら」

バラードは立ち上がって、携帯電話をポケットに戻した。ハッテラスが、ポッド内の隣の作業スペースにある机にまえかがみになっているのが見えた。

「コリーン」バラードは言った。「頭をすっきりさせるため、ちょっと散歩に出て、上の階からコーヒーを取ってくる。なにか欲しいものある？」

「いえ、大丈夫です」ハッテラスは言った。「これがロケットだと知ってました？」

バラードはポッドからすでに遠ざかりはじめていたが、そこでその質問が聞こえてきた。クルリと振り返り、ハッテラスのところに戻っていった。

「なに？」バラードは訊いた。

「チャームです」ハッテラスは言った。「蝶番があるんです。あけてみたら、なかに小さな写真が入っていました」

バラードはハッテラスの肩越しに身を乗りだし、絵描きのパレットの形をしたチャームに、まさしく蝶番がついていて、小さな本のようにあけられるようになっているのを見た。漆黒の髪で満面の笑みの口元にはまばらな口ひげを生やした若い男性の顔写真がチャームのなかに入っていた。

「証拠袋からそれを取りだしちゃいけなかったのに」バラードは言った。

「取りださなきゃならなかったんです」ハッテラスは言った。「袋のなかに入ったままだと、あけられなかったでしょう」

「わかってる。だけど、まだ指紋とDNAの処理を済ませていなかったの」

「ほんとにごめんなさい。全部鑑識を通したと言ったと思ってた」

「あいにくそうじゃない。きょう、回収したばかりなの」

ハッテラスはブレスレットをまるでそれが赤熱したものであるかのように机の上に落とした。

「もうかまわないわ」バラードは言った。「あなたが触ってしまったから」

バラードはその小さな写真に目を凝らしていた。もっと近くで見ようと身を乗りだした。若者の顔は見覚えがあったが、どこで見たかは思いだせなかった。

「拡大鏡を持っていたりする、コリーン？」

「いえ。でも、ハリーが持ってます。こないだ彼がそれを使っているのを見ました」

バラードはポッドをまわって、ボッシュの作業スペースにいった。プリントアウトの束の上に小型の拡大鏡があった。バラードはそれを摑んで、ハッテラスの机に戻った。

「見せてちょうだい」バラードは言った。

ハッテラスは立ち上がり、バラードが座った。拡大鏡を使って、あいたロケットのなかの写真を拡大した。

「それってG・Oにちがいないわ」ハッテラスが言った。「どう思います？」

バラードは黙っていた。写真のなかの若い男性は、あきらかにラテン系で、茶色い肌、黒い目、オールバックの黒髪。どこで見たのか、バラードは特定していた。ほんの数分まえにその顔の別バージョンを見ていたことに気づいたのだ。

「この男性のことを知ってると思う」バラードは言った。

バラードは立ち上がると、自分の作業スペースへの帰りしなにハッテラスに拡大鏡を渡した。

「彼を知ってるですって？」ハッテラスは言った。

「ついいましがた見たと思う」バラードは言った。

バラードは腰を下ろすと、画面上に市警の犯罪データバンクを急いで起ち上げた。最後の検索画面を呼びだし、さきほど見直しを終えたばかりの事件抄録にすばやく目を通した。それぞれの抄録で、殺人罪で有罪になった被告人の顔写真をサクサクと見ていく。七番めの抄録には、二〇〇九年にガールフレンドを殺した罪で有罪になっていた男の顔写真が含まれていた。

「そのロケットと拡大鏡をかして」バラードは言った。

「触ってもいいんですか？」ハッテラスが訊いた。

「もう触ったでしょ。寄越して」

ハッテラスが両方をバラードのところに持ってきた。バラードは拡大鏡を再度使って、ロケットの写真の顔をじっと見つめてから、コンピュータに視線を戻し、両者を比較した。

おなじ若い男性の異なる写真を見ていることをバラードは確信した。一方の写真では笑っており、他方では陰鬱な表情を浮かべていた。バラードは立ち上がり、ハッテラスに入れ替わるよう合図した。拡大鏡を差しだす。

「コリーン、画面の顔写真を見て、ロケットのなかの写真と比べてみて」バラードは言った。「それが同一人物ではないと言ってみて」

ハッテラスはコンピュータ画面とロケットを交互に三回見比べてから判定を下した。

「同一人物ですね」ハッテラスは言った。「まちがいない」

「オーケイ、じゃあ、コンピュータを使わせて」バラードは言った。

ハッテラスは勢いよく立ち上がり、バラードはすばやく自分の席に戻った。バラードは画面上の写真をクリックして消すと、有罪判決を受けた殺人犯の詳細を呼びだした。彼の名前は、ホルヘ・オチョア。現在、三十六歳で、ガールフレンドのオルガ・レイエスを殺害したとして終身刑に処されていた。

「ホルヘ・オチョア」バラードは言った。「アメリカふうに直した可能性がある。ジョージという名前にして」

「G・Oだ」ハッテラスが言った。「あなたの考えが正しいと思う」

バラードは事件番号と被害者および容疑者の名前を書き留めた。抄録には、事件現場の住所がヴァレー・ヴィレッジのリバーサイド・ドライブであるという情報も含まれていた。ノース・ハリウッド分署の担当事件だった。

抄録には事件現場写真は入っておらず、詳細情報も限られていた。被害者の死因は、鈍器による外傷と記されていたが、それは大雑把な分類だった。凶器が捨てられた箱のなかで見つかった物証と結びついていることを確認するためには、殺人事件調書が必要だった。

「コリーン、わたしはこの事件の調書を入手するため、ヴァレー地区にいく」バラードは言った。「きょうは戻ってこないから」

「いっしょにいっていいですか?」ハッテラスは言った。「このことでなにか手伝えることがあるような気がするんです——それがどんなことであれ」

「もう手伝ってくれた。いい仕事をしてくれたわ。だけど、これは現場の仕事であり、あなたの仕事は遺伝子系図学調査なの。もしあしたも出てきてくれるなら、あした会いましょう。そのとき、最新の状況を教える」

「きます」

「オーケイ、よかった。それから、みごとな働きぶりだったわ、コリーン。ありがとう」

バラードは急いでノートパソコンとファイルをバックパックに入れ、ヴァン・ヒューゼンの上着を椅子の背から掴むと、出口に向かった。ハッテラスは立ち去るバラードをじっと見ていた。

駐車場にたどりつくと、バラードは携帯電話を取りだし、ふたたびハリー・ボッシュにかけた。またしても出かけているという挨拶と、電話をかけてくれた人はメッセージを残してほしいという録音に迎えられた。

「ハリー、またわたし。どこにいるの？　あの白い寝間着がだれのものかわかったと思う。これを聞いたらすぐに電話してちょうだい」

バラードは電話をしまうと、車に飛び乗った。

46

マイアミからキーウェスト島まで車で移動するのに、オーヴァーシーズ・ハイウェイを使って四時間かかった。途中にあるのは、家族経営のモーテルやレストラン、サンダル工場、キッチュなTシャツや土産物の店ばかりで、太陽がダイヤモンドのように照り返しているまばゆいターコイズ色の水面にかけられた長い橋がときおり句読点を打っていた。ボッシュは昨晩遅くにマイアミに到着し、レンタカーを受け取り、キーラーゴにたどりつくと、空室ありのネオンサインが灯っているモーテルの駐車場に車を停め、その夜はいっさいの活動を停止した。

朝になり、計画では昼までにキーウェストにいき、フィンバー・マクシェーンをさがすつもりだった。出発点はキーウェスト市警になるだろう。事前の連絡をせず、約束もしていなかった。いきなり出向くという考えが好きだった。

マラソン市を通りすぎたところで、セブン・マイル・ブリッジで発生した事故の渋滞のため、さらに一時間ほど時間がかかった。キーウェスト市警の駐車場に車を乗り入れたのは、午後一時をすぎていた。レンタカーを降りると、長時間の運転で、怪我をしている膝が強ばり、ズキズキうずいた。運転中は注意を怠らないようにしたかったので、いっさい鎮痛剤は服用していなかったが、やっといまトランクをあけ、ＬＡで荷造りしていたダッフルバッグのジッパーをあけ、アドビルを二錠、口に放りこんだ。すぐに痛みが軽減するくらいアドビルに効き目があってほしいと願う。

キーウェスト市警はオレンジとピンクのパステルカラーで塗られていた。受付デスクは、実際には、出窓であり、その奥のカウンターにひとりの警察官がいた。ボッシュは日射しを浴びて待った。列に二番めに並んでおり、まえにいる男性は、自転車の盗難届の書き方を訊いていた。ボッシュは湿気が皮膚に膜を作りはじめているのを感じた。空気すら肺に重たく感じられた。

やがてボッシュの番になり、足をひきずりながら窓に近づいて、バッジを掲げ持った。スピーカーとマイクがガラスにセットされている。

「こんにちは」ボッシュは言った。「ロサンジェルス市警察の未解決事件班に所属している人間だ。ある事件で当地に来ており、失踪人担当の人間と話をできるかどうか確かめたい」

そのガラスはリムジンの後部座席の窓とおなじくらい暗い色がついていた。ボッシュは反対側に座っている人間の輪郭くらいしかわからず、話している相手が男なのか女なのかすらわからなかった。

男性の声がスピーカーから聞こえた。

「失踪人の未解決事件？」相手は訊いた。

「いや、ちがう」ボッシュは言った。「だけど、失踪人担当の刑事なら、おれがここまで追ってきた人間の居場所を突き止めるのに手を貸してくれるかもしれないと考えているんだ」

「で、おたくの名前は？」

「ハリー・ボッシュ」

「そのバッジには〝引退した〟と書かれているが？」

「そのとおり。ボランティア捜査員なんだ。元々、市警にいたころは、未解決事件を担当していた。引退後、請われてカムバックしたんだ」

「オーケイ、電話させてくれ。もしかまわないなら、ほかの人間がまえに来られるよう、窓から離れてほしい」

「問題ない」

ボッシュは窓から退き、左側で待機した。振り返ってあたりを見まわすと、まえに進もうと待っている人間はだれもいなかった。

五分間がゆっくりとすぎていった。ボッシュは窓の隣の壁に寄りかかり、膝にかかる体重を逃がした。服用した錠剤はまだ痛みを軽減してくれなかった。

ほかにだれも窓には近づかず、窓の向こうの男はボッシュになんの情報も寄越さなかった。ボッシュはシャツが汗で背中にくっつきはじめたのを感じた。スポーツ・ジャケットを脱ぎ、腕にかけて持った。

ようやく重たい扉がひらく金属的な音が聞こえ、ボッシュが見ると、グアヤベラ・シャツを着た男が外に出てきて、ドアをあけ支えた。シャツは男が銃とバッジをベルトに装着していることをほとんど隠していなかった。

「ロス市警?」男は言った。

「おれだ」ボッシュは答えた。

「こっちへ来な」

「ありがとう」

ボッシュが近づいていくと男は手を差しだした。

「ケント・オズボーンだ」

ボッシュはオズボーンの手を握った。

「ハリー・ボッシュだ」ボッシュは言った。「時間を割いてくれてありがとう」

「ロス市警には時間を割いてやらんと」オズボーンは言った。「あそこはピカイチだからな」

ボッシュは居心地が悪そうにほほ笑んだ。オズボーンの口調には少しばかり皮肉な調子があった。

オズボーンはボッシュを刑事部屋に案内した。そこには十六名の刑事用の机があった。天井からぶら下がる、犯罪課を示す看板はなかった。半分の机に座っている男女がいて、彼らの大半の目はやってきたボッシュに注がれた。

オズボーンの机は最前列の最後にあった。彼は無人の机から椅子を引いて、自分の机のまえまで転がした。

「座ってくれ。怪我をしてるのか？　足をひきずってるぜ」

「日曜日に事故にあった。膝をやってしまった」

「耳もやってしまったようだぜ」

「ああ」

ふたりの男は腰を下ろした。オズボーンはデスクトップ・コンピュータの画面でなにかを確認してから、ボッシュを見た。

「で、どんなご用かな、ロス市警？」オズボーンは訊いた。

「窓の向こうにいた男がなにを説明したのか知らないが、おれは未解決殺人事件を調べている」ボッシュは言った。「四重殺人の捜査をおこなっているんだ――家族四人がネイルガンで殺され、砂漠に埋められた」

「それは痛かっただろうな」

ボッシュはブラックユーモアのつもりで相手が言ったのを認めなかった。

「事件はほぼ九年まえに起こった」ボッシュはつづけた。「最近、その捜査を再開し、容疑者が浮かび上がった。そいつがここにいたはずだという確実な証人がいるが、少なくともここにいたと言うときから六年経っている」

オズボーンは顔をしかめた。

「キーウェストで六年は、長いぞ」オズボーンは言った。「この街は変化が激しい。人は入れ替わっている。なぜ失踪人担当のデカに会おうとしたんだ？」

ボッシュは刑事を指すその隠語を久しく耳にしておらず、おそらく現実の世界では一度も聞いたことがなかった。

「なぜならLAで起きた犯罪のせいだ」ボッシュは言った。「こいつは長い時間がかかるゲームをしたんだ。就職し、長年かけて自分が役に立つ従業員になるまで勤め上げてから、オーナーとその家族を殺害し、古典的な計画倒産で事業を根こそぎ売り払った。おれの推測では、そいつはここに来ておなじことを繰り返そうとしている」

「おれの知るかぎりでは、ここで家族殺しは起こっていないぜ、ロス市警」

「LAにいるおれの証人は、そいつがキーウェストにあるバーに投資をし、そのバーは破産したと言った。もしそいつがここにいるなら、なにか別の企てに移行していると思う」

「で、失踪人という部分は？」

「有力な人間――事業経営者のような人間――が行方不明になったような事件は起こっているだろうか？」

オズボーンは椅子にもたれかかり、その質問を考えているあいだ左右に椅子を回転させた。

「そういうのはないな、おれの知るかぎりじゃ。うちで扱っている事件は、たいてい、退屈したティーンエイジャーがマイアミにいってしまったとか、〈スロッピー・ジョーズ〉で酔っ払いすぎた観光客がモーテルに帰る道がわからなくなったとかいったものだ。有力者が行方不明になるというのは思いつかん」

「六、七年まえに潰れたバーというのはどうだろう？」

オズボーンは笑い声を漏らした。

「そういうものには事欠かんぞ」オズボーンは言った。

「なにも思い当たらないか？」ボッシュは念押しした。「そうとう大がかりな倒産の話をしている。四十万ドルを注ぎこんで、それを失ってしまうくらいの出来事だったはずだ」

「そうだな、だとすれば、あんたが話をすべきは、〈チャート・ルーム〉のトミーだ」

「〈チャート・ルーム〉。それもバーか？」

「ピア・ハウスにあるバーだ」

「ピア・ハウス？」

「おいおい、なにも知らないんだな、ロス市警？　デュヴァル・ストリートの端っこにあるホテルだ。最近じゃ、〈チャート・ルーム〉に入ろうとしたら、そこに泊まらないとダメだと思う。むかしは怪しげなバーだった。いまは屑どもを寄せ付けないようにしている」

「で、トミーというのは？」

「やつはそのバーで四十年以上カクテルをこしらえてる。それにこの建物のなかにいるだれよりも地元のバー商売を知ってる」

ボッシュはうなずいた。すると、片手でスポーツ・ジャケットを持ち上げ、ポケットに手を伸ばすと、ギャラガー一家の殺人事件調書からコピーした一枚の書類を取りだした。ボッシュはそれをオズボーンに渡した。オズボーンはその紙をひらいた。それは広域手配のビラだった。上の部分にフィンバー・マクシェーンのカリフォルニア州発行運転免許証の写真が印刷されていた。その下に、マクシェーンが逃亡後採用したかもしれない四つのあらたな容貌を警察の似顔絵画家が合成した小さめの写真が掲載されていた。手を加えられた写真では、マクシェーンは、ふさふさしたあごひげを生やしたもの、ヤギひげを生やしたもの、長髪のもの、頭を剃り上げたものの四態になっていた。当初この事件の担当になったすぐあとで、ボッシュはマクシェーンの広域手配ビラを出した。この写真はほぼ八年近くまえのもので、価値があるかどうかは疑わしかった。だが、これがボッシュの提供できる唯一のものだった。

「こいつがおたくのさがしているやつか?」オズボーンが訊いた。

「ああ」ボッシュは言った。「見覚えはないか?　どこかで見かけていないか?」

「見かけたとは言えないな。この手配書はどれくらいまえのものだ?」

「およそ八年だ。いまこいつは四十四歳になる」

「それはずいぶんまえの話だな。新しい写真はできないのか？」

「いま取り組んでいるところだ。これを点呼の際に見せてくれないだろうか？　警邏担当のだれかがこいつを見かけたかどうか確かめてもらえないか？」

「まあ、やってみてもいい。だけど、可能性は低いと思うぞ」

「とにかく、そうしてくれたらありがたい」

オズボーンはポスト・イットのパッドを掴み、それをボッシュのまえに置いた。

「おたくの携帯電話番号を書いてくれ。なにか掴んだら連絡する」

「電話を持ってないんだ。なくしたんで、きょう、買わないといけない。ホテルからあした電話できる」

オズボーンは、携帯電話を持っていないとは何者だ、と言わんばかりに顔をしかめた。

「どのホテルだ？」その代わりに、オズボーンは訊いた。

「ピア・ハウスに泊まれるかどうか確かめてみるつもりだ」

「ロス市警は宿泊手当が潤沢なんだな。あそこは一年のこの季節だと、少なくとも一泊五百ドルはするぞ」

ボッシュはうなずいた。

「ご協力に感謝する」ボッシュは言った。「それから点呼のほうをよろしく」

「問題ない」オズボーンは言った。「しかし、ほんとに大丈夫か、ロス市警？」

「ああ。なぜ訊く？」

「どうだろうな。おたくはふらついているみたいだぞ」

「湿気のせいだ。慣れていない」

「ああ、ここじゃ湿気が凄いからな」

駐車場に戻ると、ボッシュはレンタカーに乗るまえに一息ついて、空を見上げた。積雲の列が島の上空を移動していた。ここでは日の光が異なっている気がした。カリフォルニアほど柔らかくない。光にまばゆい厳しさがあった。

ボッシュは車に乗り、オズボーンについて考えた。彼を信用することはできるだろうか。確信は持てない。ボッシュはエンジンをスタートさせ、車を走らせた。

47

バラードはバッジを片手で包みこむように持ち、反対の手でドアをノックした。ほどなくして、ホルヘ・オチョアとおなじ肌の色と顔立ちの背の低い女性が戸口に現れた。

「ミセス・オチョア？」バラードは訊いた。

「シ」女性は言った。

バラードはスペイン語を話す警官を同行させればよかったとすぐに悔やんだ。引き下がり、ノース・ハリウッド分署に連絡して、スペイン語を話せる警官がいないか確かめることができたが、そうせずに、先に進めた。バラードはバッジを掲げた。

「警察（ラ・ポリシア）です。英語はわかります？（アブラ・イングレス）」

女性は顔をしかめたが、すぐにドアから振り返り、家のなかに向かって矢継ぎ早にスペイン語で叫んだ。バラードに認識できたのは、ポリシアという一語だけだった。

そののち、女性はバラードに向き直り、たったいま問題を解決したかのようにうなずいた。ぎこちない沈黙の時間がすぎ、若い男性がドアのところにいる女性の背後に姿を現した。起き抜けのためか黒髪が乱れていた。若者は殺人事件調書を見直しているときにバラードが見たホルヘ・オチョアと瓜二(うりふた)つだった。

「なんだ？」若者は言った。

彼は明らかに早く起こされていらだっていた。もう正午近かったのだが。若者の両腕にＶＢのタトゥがあるのをすばやく見て取り、彼がヴァインランド・ボーイズというストリートギャングの一員であると読んだ。ギャングの一日は、午後の時間帯にはじまることをバラードは知っていた。この時間は彼らにとって早朝なのだ。

「あなたはオスカルでしょ？」バラードは言った。「あなたのお母さんと話をしたいの、あなたのお兄さんのことで」

「おれの兄貴はいないよ」オスカルは言った。「それからおれたちはポリ公と話さない。アディオス、売春婦(プータ)」

彼はドアを閉めようとしたが、バラードは手を伸ばして、それを止めた。

「あなたの兄弟を助けたいと思っている人間を売春婦呼ばわりするわけ？」

「助けるだって？　クソが。あいつがやってないと言ったときに助けられただろうが。だけど、やらなかった、おまえらはあいつを見捨てただけだ」

「あなたのお母さんにあるものを見せたいの。それがホルヘを刑務所から救いだすものになるかもしれない。もしわたしに立ち去らせたいのなら、わたしは立ち去る。だけど、次にお兄さんに面会にいくとき、わたしがここに来たことと、あなたが追い払ったことを伝えなさい」

オスカルは動きも話しもしなかった。すると、彼の母親が小声で彼に話しかけた。バラードはこの女がなにを望んでいるのかと息子に訊ねているのがわかるくらいのスペイン語を知っていた。ミセス・オチョアはホルヘの名前が口にされるのを聞いたのだ。

オスカルは母親に返事をしなかった。彼はバラードに向き直り、彼女がなかに入るスペースをあけた。

「お袋に見せろ」オスカルは言った。

バラードは家のなかに歩を進めた。彼女はノース・ハリウッド分署から引っ張りだした殺人事件調書を検討して、一晩過ごしたのだった。きょうの朝、最初にしたのは、オルガ・レイエスの家族の行方をさがす試みだった。だが、彼女の家族は彼女が殺害されたあと、ロサンジェルスを離れており、バラードはまだ彼らの居場所を摑んでいなかった。摑んだなかでいちばん近い情報は、一家がテキサスに引っ越したと思うと言った近隣住民の言葉だった。

それで方程式のホルへ・オチョア側が残った。そしてここ、彼の母親が住む、サンランドに第二次世界大戦後に建てられた似通った住宅が並ぶなかの一軒に来ていた。

バラードはささやかな家具が置かれたこぢんまりとしたリビングに案内され、そこですぐに自分が正しい路線に乗っている兆候を目にした。刑務所で描かれた絵の特徴を示している額に入った絵やスケッチが壁に飾られていた。そのすべてが厚手の包肉用紙に描かれ、鉛筆で署名がされていた。

「ホルへは画家になりたかったの？」バラードは訊いた。

「あいつはいまも画家だ」オスカルは言った。「あんたが持っているものをお袋に見せて、出ていけ」

よく考えずに質問した自分にバラードはいらだった。

「わかった」バラードは言った。「宝飾品の写真をこれから見せるので、それをまえに見たことがあるかどうか知りたい、と伝えて」

オスカルが通訳をしているあいだにバラードはバックパックを肩から外し、床の上で広げた。絵描きのパレット形のチャームのついたブレスレットのカラー写真が入っているファイル・ホルダーを取りだす。写真はエイト・バイ・テン・サイズで、けさバラードが自宅で印刷したものだった。バラードはそのホルダーを母親に渡すよう、オスカルに手渡した。彼にもこの作業に加わってもらいたかったのだ。

オスカルはファイルをひらき、母親とともに写真を見た。バラードは母親の反応に注目し、その目に認識の色を見て取った。

「彼女はまえに見たことがあるんだ」バラードはすぐに言った。

オスカルと母親は言葉を交わし、オスカルが翻訳した。

「おれの兄貴のものだと言ってる。兄貴はそれをオルガに渡したんだ。ふたりは愛し合っていたから。どこで見つけたんだ？」

バラードはその質問が若者から来たものだとわかっていた。

「いまは言えない」バラードは言った。「だけど、あなたのお兄さんは、これによって刑務所から出られると思う」

「どうやって？」

「ほかのだれかがオルガを殺したことをわたしは証明できると思う」

ふいにオスカルの堅い殻にひびが入り、バラードはその目に希望と恐怖を見た。それから横を向き、母親のために通訳した。

「ああ、神よ（ディオス・ミオ）」彼女は言った。「ディオス・ミオ」

彼女は手を伸ばし、バラードの手を掴んだ。

「お願い」彼女は言った。

オスカルの堅い殻がまた元の場所に戻った。

「おれたちをだまさないほうがいいぜ」オスカルは言った。

「だましていない」バラードは言った。「ホルヘがこのブレスレットを手に入れた場所を知ってるかどうか、お母さんに訊いて」

スペイン語でのやりとりは短かった。

「お袋は知らない」オスカルが言った。

「チャームはどう？」バラードは訊いた。

次のやりとりは翻訳される必要がなかった。女性は首を横に振った。バラードはオスカルを見た。

「あなたはどうなの？」バラードは訊いた。

「どういう意味だ？」オスカルは問い返した。

「あなたのお兄さんはヴァインランド・ボーイズの構成員？」

「いや、だが、裁判に関わったあんたらは、そう見せようとしやがった」

「わたしが言いたかったのは、どこでヴァインランド・ボーイズは、ブツを取引しているの、という意味」

オスカルは答えなかった。彼の躊躇(ちゅうちょ)は、ギャングについて警察に話すことに関する彼らのルールに根ざしていた。殺されかねないのだ。

「物品の出所という意味を知ってる？」バラードは訊いた。「あなたのお母さんがこのブレスレットをお兄さんのものだと確認したこと以外に、どこでホルヘがそれを手に入れたかを確かめる必要があるかもしれないの。ふたつの確認が得られれば、わたしは地区検事局にいけるでしょう」

「兄貴はギャングじゃなかった」オスカルは言った。「あいつは画家だった」

事件ファイルを見直した結果、検察側はホルヘ・オチョアのものとされるストリート・アートの写真を提出し、ギャングに所属していることを示唆するものとして利用したことをバラードは知っていた。陪審員のオチョアへの見方を一方に傾けるための裏技だった。

「名刺を置いていきます」バラードは言った。「なにか思いついたら、ひょっとしたらホルヘがあのブレスレットを手に入れたかもしれない地元の店とか思いついたら、電話して」

「おれはポリシアとは話さねえ」オスカルは言った。

「あなたのお兄さんがオルガを殺していないことを証明するのに役に立つかもしれなくても？」

オスカルはその質問に黙った。バラードは母親を見た。

「グラシアス、セニョーラ」彼女は言った。「またご連絡します（エスタレ・エン・コンタクト）」

車に戻るとバラードはすぐに携帯電話を取りだして、ハリー・ボッシュにかけた。ホルヘ・オチョアの母親がブレスレットを認識した瞬間、アドレナリンが血管を駆け巡りはじめた。バラードは事件が様相を変えはじめたことをだれかに話す必要があり、ボッシュが彼女の第一候補だった。

だが、電話はまたしてもメッセージに直接つながった。

「ハリー、またわたし。いったいどこにいるの？　事態は急速に変わりはじめており、ロウルズの件であなたが必要なの。別の事件をロウルズにつなげた。そして、よく聞いて、ロウルズがやった殺人のために、他人が刑務所に入れられたの。そのことにわたしは確信を持っている。このメッセージを聞いたら、すぐわたしに折り返して」

バラードは電話を切り、不満げにため息をついた。だが、すぐにボッシュに対するいらだちは、心配に変わった。ボッシュは高齢で、最高の健康状態ではない。あきらかな怪我を負っただけでなく日曜日の衝突事故で、ひどく疲れた様子だった。

バラードは携帯電話の連絡先をひらいて、ボッシュの娘に電話をかけた。ボッシュは、以前に、マディは深夜時間帯の勤務になったと言っていたので、彼女はいま眠っても出勤してもいないはずだと判断する。

マディ・ボッシュがすぐに電話に出た。

「マディ、レネイ・バラードよ」

「やあ、どうしたの？」

「あの、最近、お父さんと話をした？　わたしたちはあることでいっしょに働いているんだけど、彼に連絡を取れないみたいなんだ」

「火曜日にランチを食べたとき、会って、車で送っていって、レンタカーのところでおろした。だけど、それからは話していないな。いったい――」

「なんでもないとはわかっているのだけど、どうしても彼と話をする必要があるの。悪いんだけど、お願いしていい？　彼とあなたはお互いの携帯電話を追跡できるようにしている、とまえに彼は話してくれたの。それってまだ有効かしら？」

「ええ。じゃあ、パパがどこにいるのか調べさせたいのね？」

「もしよければ、そうしてくれると助かる。いま取り組んでいる事件でほんとに彼が必要なんだ」

「ちょっと待ってて」

バラードはマディが自分の携帯電話を使い、父親の携帯電話のありかを追うことで居場所を突き止めようとしているのを待った。

「えーっと……わかった、ウェスト方面隊のOPG駐車場にいる。いえ、待って、これって古い。パパの携帯電話は電源がオフになっているか、バッテリーがなくなっている。日曜日の夜の情報になっていて、それがあたしにわかる最後の居場所」

バラードは二足す二の計算をした。公式警察車庫（オフィシャル・ポリス・ガレージ）は、日曜のロウルズの事件のあと、ボッシュの車を保管している場所だろう。

「携帯が彼の車のなかにあるんだ」バラードは言った。「ロウルズに車を追突されたとき、携帯が飛んでいったと話してくれた。彼の携帯はまだ車のなかにあって、おそらくバッテリーが日曜の夜に切れたんだ」

「じゃあ、パパはいまどこにいるの？」マディは訊いた。徐々に心配そうな声になっている。

心配とパニックの中間点がバラードの考えに入りこんだ。

「わからない」バラードは言った。「彼の自宅には、まだ固定電話があるの?」

「ある」マディが答える。「電話をかけさせて。パパかあたしがすぐにかけ直すから」

ふたりは電話を切り、バラードは車のなかで座って待ちながら、だれが折り返しの電話をかけてくるかで自分の次の動きが決まるだろうと考えていた。

一分後に電話が鳴ったとき、かけてきたのはマディだった。

「電話に出ない。メッセージを残したけど、心配」

「きょうは何時に出勤するの?」

「実は、きょうはオフなの」

「ハリーの家の鍵を持ってる? 調べてみるべきだと思う」

「鍵はある。いつ?」

「わたしはいまヴァレー地区にいる。遅くとも三十分後には到着できる」

「わかった。あたしもそれくらいかかる。そこで落ち合いましょう」

「オーケイ。もしあなたが先に到着したら、わたしを待ってからなかに入ったほうがいいかもしれない」

「じゃあ」

「ええ、これから向かう」

ふたりは電話を切り、バラードは車を発進させた。アスファルトの上でタイヤをきしませて走りだす。バラードはボッシュの娘より先に彼の家にたどりつきたかった。

48

ボッシュは悪いほうの脚を上げて、ベッドに座っていた。氷を入れた袋を膝にあてがうことで、二回目に服用したアドビルがまだ効かずに感じていた不快感を和らげてくれるような気がした。ボッシュは、ピア・ハウスの客室にいて、チェックインしたときにフロント係から受け取った旧市街の観光マップを検討していた。そこに明記されているのは、夕日の見えるスポットと、クルーズ船が停泊している埠頭だった。干し草の山のなかに落ちた一本の針をさがすような望みの薄いフィンバー・マクシェーンの捜索でボッシュはそれらの場所を調べてみる計画を立てた。

ボッシュの泊まっている部屋には、小さなバルコニーがあり、ターコイズ色の海が見えた。太平洋の冷たく、近寄りがたい青黒い水面に慣れていたボッシュの目はそこに引き寄せられた。大きな双胴船がゆっくりと巡航していくのが見える。デッキ・スペースの隅々まで乗客で埋まっているようだった。船体の横には、日没クルーズの一時利用を予約する電話番号が記されている。

客室にいくまえにボッシュは、チェックイン時におなじように渡された施設マップを使って、〈チャート・ルーム〉の場所を確認し、五時まで開店しないことを学んでいた。開店と同時にそこへいく計画を立てた。店が混むまえにバーテンダーに声をかけたかった。

それまで一時間あったので、ボッシュは旧市街を歩いて、フィンバー・マクシェーンの予想された顔がたくさん載っている広域手配ビラを見せてまわることに決めた。立ち上がり、氷の袋をバスルームの流しに置いた。氷と鎮痛剤のコンビネーションで、膝を使える気がしていた——しばらくのあいだは。

ボッシュは部屋とホテルを出ると、デュヴァル・ストリートを進みはじめ、〈スロッピー・ジョーズ〉やほかのバーに立ち寄り、そこのバーテンダーに、この写真の男に見覚えはあるかどうかと訊ねた。

反応はなかった。だが、ビラを見せたバーテンダーやウエイトレスの大半が、キーウェストに落ち着くまえになにかから逃げてきたような印象をボッシュは受けた。悪い生活、悪い関係、悪い犯罪——それはどうでもよかったが、そのことが彼らに逃亡中の仲間の旅人を指さすのをためらわせていた。ボッシュは、話しかけた彼らのだれにも、ビラの男が一家皆殺しの唯一の容疑者だとは言わなかった。彼らが抱く過去からの逃避行へのロマンチックなイメージを壊したくなかった。

五時になるまえにピア・ハウスに戻り、〈チャート・ルーム〉にまっすぐ向かった。そのバーは、ホテル本館の一階廊下の奥にあった。ボッシュがそこへ到着すると白髪をポニーテールにしている男性が扉の鍵をあけようとしていた。

男性は店内に入り、ボッシュはそのあとにつづいた。バーは狭く、およそホテルの客室ほどの大きさだった。かつては客室だったのが明白だった。左側に六つのスツールがあるバー・カウンターがあり、右側に数卓の小型テーブルとシッティングエリアがある。二十人も入ればキャパオーバーになるとボッシュには思えた。

ボッシュは最初のスツールに座り、ポニーテールの男性がバー・カウンターのうしろにまわるのを待った。バーは全面ダークウッドで、三段に並んでいる酒壜の下から照明が当てられて、アンバー色の光をこしらえていた。壁にピン留めされているたくさんの写真があり、ほぼそのすべてが時間の経過で黄色くなっていた。水面が見える窓はなかった。ここはアルコールを崇める場所であり、沈む夕日を崇める場所ではない。

「痛そうだな」バーテンダーが言った。

彼はボッシュの耳を指さしていた。

「それほどひどくない」ボッシュは言った。

「釣り針かね？」バーテンダーは訊いた。

「だとよかったんだが」

「じゃあ、銃弾だ」

「どうしてわかるんだ？」

「釣り針はキーウェストに暮らしているからわかる。銃弾はヴェトナムにいたからわかる」

「なるほど。あそこではどこに属していた？」

「第九海兵隊第一大隊」

「歩く死者だ」

ボッシュは歩く死者のことをよく知っていた。第九海兵隊第一大隊は、ヴェトナム戦争中、どの部隊よりも多くの戦死者を出し、それゆえその名で知られるようになった。

「そっちはどうだ？」バーテンダーは訊いた。

「陸軍だ」ボッシュは言った。「第一工兵大隊」

「トンネルだな」

「ああ」

ボッシュはうなずいた。彼もトンネル鼠のことをよく知っていた。

「ホテルに泊まっているのかい？」バーテンダーは訊いた。

「二〇二号室だ」ボッシュは言った。

「あまり観光客には見えないな」

「短パンとサンダルと、もしかしたらハワイアン・シャツを手に入れないとだめだろう」

「それで役に立つだろう」

「あんたがトミーか？」

バーテンダーはカウンターのうしろで夜の営業の準備に余念がなかった手を止め、ボッシュをまっすぐ見た。

「どこかで会ったっけ？」バーテンダーは訊いた。

「いや、はじめてキーウェストに来た」ボッシュは言った。「警察署で、おれが話すべき相手はあんただと言われた」

「なにについて？」

「キーウェストのバー業界について。六年、ひょっとしたら七年まえに閉店したバーの場所をさがしているんだ」

「店の名前は？」

「それが問題なんだ。名前がわからない」

「雲を摑むような話だな。あんた警官か？」

「むかしな。いまは、ＬＡからここに来て、バーに投資をし、それを全部失った男をさがしている。ところで、おれの名はハリーだ」

ボッシュはバー・カウンター越しに手を差しだした。トミーはバーのタオルで手を拭いてから、ボッシュの手を握った。

「あんたはどれくらいここにいるんだ、トミー？」ボッシュは訊いた。

「こんな言い方をしようか――ほかのだれよりも長く」トミーは言った。「あんたがさがしている男だが――そいつには名前があるんだろうな？」

「ある。だが、ここで本名を使っているとは思えない。フィンバー・マクシェーンだ。アイルランド人だ」

ボッシュはなんらかの認識の炎が燃えるかどうか確かめようと、じっと相手の目を見た。燃えるものがあった。

「〈アイリッシュ・ガレオン〉だ」トミーは言った。

「それはなにかな？」ボッシュは訊いた。

「バーだ。ふたりのアイルランド人がおよそ八年ほどまえに開店した。まあ、実際にはひとりが開店し、そのあとでもうひとりがやってきて、ふたりは共同経営者になった。まるでキーウェストにもう一軒、アイリッシュ・パブが必要だったかのように。スペインのガレオン船みたいな外観にしたんだ。その店は二年つづいて、閉店した。ふたりは資産を失い、けっして支払われなかったクソたくさんの債務を残していった」

ボッシュは酒類販売免許を司る州と地元の役所に所有権の記録があるだろう、とわかった。ひょっとしたら破産申請もあるかもしれない。バーの名前を手に入れたのは、いい手がかりになった。

「ふたりを知ってたかい――共同経営者たちを？」ボッシュは訊いた。

「いや、ふたりとも余所者だった。地元の人間じゃない」トミーは言った。

「ふたりの名前は？」

「いや、そいつらの名前を知っていた気がしないな」

「だれなら知ってそうだ？」

「それはいい質問だ。考えさせてくれ。飲まずに、質問をするだけかい？」

「バーボンを」

「ミクターズとカーネル・テイラー、それにブラントンが少し残ってる」

「ブラントンを、ストレートで」

「それはいい。なぜなら、まだ氷が来てないんだ」

トミーはハンドタオルでロック・グラスを磨くと、ブラントンをたっぷり注いだ。グラスをボッシュのまえに置く。丸みを帯びたボトルにはまだワンショット以上が残っているようだった。

「健康を（スロンチェ）（アイルランド語で乾杯のときの言葉）」トミーは言った。

「乾杯」ボッシュは言った。

ひとりの男がバーに入ってきた。氷が満載された大きなステンレススチール製バケツを運んでいた。男はそれをバー・カウンターの上に持ち上げ、トミーはそれを受け取ると、箱型容器に氷をあけた。彼はバケツを相手に返した。

「ありがとな、リコ」

トミーはボッシュを見て、氷の容器を指さした。

「このままでいい」ボッシュは言った。

トミーは新しいアイデアを検討するため、あらゆることをいったん停止させたいと思っているかのように一本の指を立てた。

「ひとり思いついた」トミーは言った。「これをやったらおれに便宜を図ってくれよ、いいかい？」

「わかった」ボッシュは言った。

ボッシュが見守っていると、トミーはカウンターの下からコード付きの電話を引っ張りだし、番号をダイヤルして、待った。そののち、ボッシュは、短い会話のトミー側の発言を耳にした。

「なあ、〈アイリッシュ・ガレオン〉を覚えているか？　あのふたりはどうなったんだ？」

ボッシュはその電話を奪い取って、質問をしたかったが、そうすればその電話とトミーの協力をただちに終わらせてしまうだろうとわかっていた。

「へー、ああ、そうだ、そんなことを耳にした気がする」トミーは言った。「連中の名前はなんだった？」

ボッシュはうなずいた。トミーをコーチする必要がないのが徐々にわかってきた。

「で、デイヴィーはどこにいったんだ？」トミーは訊いた。

数秒後電話は終わり、トミーはボッシュを見たが、いま聞いたばかりのことを伝えなかった。ボッシュはそのメッセージを受け取り、ポケットに手を伸ばした。昨日、離陸まえに空港のATMで四百ドルを下ろしていた。その金は五十ドル札と二十ドル札で出てきた。ボッシュは札を丸めたものから四枚の五十ドル札をはがして、バー・カウンターの上に置いた。

「元のオーナーはダン・キャシディだった」トミーは言った。「だが、バーを閉めたあとでダンは島を出ていった」

「どこにいったんだ？」ボッシュは訊いた。

「おれの話し相手は知らなかった。共同経営者として加わったアイルランド出身の彼の友人は、デイヴィー・バーンだ。だけど、だれもがその名前は偽名だと思った」

「どういう意味だ？」

「偽名であることが明々白々だからだ。〈デイヴィー・バーンズ〉は、『ユリシーズ』に出てくるバーの名前だ。ダブリンについて書かれたジョイスの小説だよ。あそこに実在しているらしい。百年経ってもまだ営業中だ。だから、ここいらの人間は、デイヴィーがＩＲＡかなにかの工作員で、向こうでは手に負えないから、こっちへ来て名前を変えたんだろうと思ったものだ」

紛争はダブリンではなく、主に北アイルランドで起こっていたと、ボッシュはわざわざ言わなかった。

「あんたの話し相手は、デイヴィーと会ったかどうか言ってたか？」その代わりにボッシュは訊いた。「彼は写真を見ればそいつだとわかると思うか？」

「それは言わなかったが、会ったことがあるとは思えないな」トミーは言った。「おれの話し相手は、モンロー郡全域のバドワイザー販売権を持っている人間なんだ。だから、フロリダ・キーズのあらゆるバーで起こっていることを知ってるが、もう何年も自分で配達便を運転していない。彼が言うには、そのふたりが店を閉めたとき、二千ドル相当のビールをがめていったそうだ」

「携帯電話を持っているかい？」

「もちろん」

「この写真を撮影して、それをとにかくあんたの友人に送ってくれないか？　一か八かで」

ボッシュはバー・カウンターの上に広域手配のビラを広げた。トミーはしばらくそれをじっと見ていた。やがて、そのビラをカウンターの上で滑らせ、ペンダント照明の真下に持っていくと、ポケットから携帯電話を取りだし、ビラの写真を撮影した。

トミーはビラをボッシュに返した。

「ロサンジェルス市警察か」トミーは言った。「もう警官じゃないだろうと思ったんだが」

「現役じゃない」ボッシュは言った。「これは古いビラだ。おれがまだバッジを持っていたときに担当した事件のビラだ」

「こいつが逃げたかなにかしたやつなんだな？　白鯨(ホワイト・ホエール)だ。『おれをイシュマエルと呼べ』とか？」

「『白鯨(モービィ・ディック)』だろ？」

「ああ。その本の最初の行だ」

ボッシュはうなずいた。彼はその本を読んだことがなかったが、だれが書いたか、そしてモービィ・ディックが白鯨の元祖であることを知っていた。ジョイスとメルヴィルに言及したことで、自分はキーウェストでもっともよく本を読んでいるバーテンダーと話をしているのかもしれない、と思った。トミーはそれがボッシュの考えていることだとわかったようだった。

「ここが暇なときは、本を読んでる」トミーは言った。「で、そいつはなにをしたんだ？　あんたの白鯨は」

「四人家族を殺したんだ」ボッシュは言った。

「クソだな」

「ネイルガンで。女の子は九歳で、男の子は十三歳だった。そのあと、こいつは砂漠に穴を掘って、彼らを埋めた」

「ああ、なんてことだ」

トミーは五十ドル札に手を置き、バー・カウンターの上を滑らせて、ボッシュのほうに戻した。

「この金は受け取れない。そんなことのためじゃだめだ」

「とても助けてくれたよ」

「そいつを追いかけるのにだれもあんたに金を払っていないだろ」

ボッシュはうなずいた。相手の思いを理解した。そしてもっとも重要な質問をした。

「あんたの友人のビール販売業者は、デイヴィー・バーンがまだ島にいるかどうか話していたかい？」

「最後に聞いた話では、デイヴィーは古いチャーター船のドックで働いている、とあいつは言ってた。だが、その話を聞いたのは二、三年まえだったという」

「その古いチャーター船のドックはどこにある？」

「パーム・アヴェニュー・コーズウェイの真下だ。車を持ってるのか？」

「持ってる」

トミーはバーの奥の方角を指さした。

「いちばん簡単な行き方は、旧市街からフロント・ストリートを通って、イートンに出ることだ」トミーは言った。「イートンはパーム・アヴェニューになる。橋を越えたら、マリーナがある。間違えようがない」

「いま話題にしている場所にはどれくらい船があるんだ？」ボッシュは訊いた。

「たくさんある。おれの友人は、こいつが働いているらしい船がどれかは知らなかった」

「わかった」

「それで、もしおれがあんたなら、いますぐ出かける。街のこのあたりは、夕日目当てで混みだすんだ。渋滞がひどくなって、ここから出られなくなるだろう」

ボッシュはグラスを持ち上げ、最初で最後の一口を飲んだ。バーボンは舌に甘かったが喉で炎となった。もっと楽に喉を下っていくものを注文すべきだった、と悟る。ポートワインとかカベルネとか。

「ご協力に感謝する、トミー」ボッシュは言った。「センパー・ファイ（ラテン語で「つねに忠誠を」の意。米国海兵隊の標語）」

「センパー・ファイ」トミーは、非海兵隊員からの海兵隊の挨拶を素直に受け取ってくれたようだった。「あのトンネルは……ひどい場所だった」

ボッシュはうなずいた。

「なんてひどい世界だ」ボッシュは言った。

「怒りに満ちた世界だ」トミーは言った。「人は思いもよらないことをする」

ボッシュはバー・カウンターから二枚の五十ドル札を取り、それをポケットに入れた。残りの二枚をトミーのほうに滑らせる。

「ブラントンをおれの代わりに飲み干してくれ」ボッシュは言った。

「喜んで」トミーは言った。

出しなにボッシュは、入ってくる短パンとサンダルとハワイアン・シャツ姿の二人連れのため、扉をあけ支えた。

49

バラードはボッシュの家のまえで自分の車にもたれかかり、最後に彼と交わした会話について考えていた。ボッシュはギャラガー事件に関してシーラ・ウォルシュに追加の聴取をするつもりである、と言っていた。息子を守ることと引き換えに、彼女がフィンバー・マクシェーンについて知っていることを明らかにするだろうと、ボッシュは期待していた。もしきょうの終わりまでにボッシュを見つけられなかったら、シーラ・ウォルシュの居場所を突き止め、おなじように訪問する気になった。

マディの車がカーブを曲がってやってきて、空のカーポートに停まった。バラードは玄関でマディと落ち合った。

「ノックしてみた」バラードは言った。「応答はなかった」

「じゃあ、なかにいないことを祈るわ」マディが言った。

「あなたが入るまえにわたしに室内をざっと見させてもらえる？」

「あたしはもう大人なのよ、レネイ」

「たんに提案してみたかっただけ」

「わかった。ありがとう」

マディはポケットから鍵束を取りだし、ドアの鍵をあけた。躊躇せず彼女はドアを押しあけ、バラードより先に家のなかに入った。

「パパ？」

返事はなかった。バラードはリビングに入り、なにか変わったところはないか確かめようと、見まわした。ボッシュのステレオを調べ、ターンテーブルに載っているレコードが、先週、ボッシュを迎えにきたときに彼がかけていたキング・カーティスのアルバムであることを確認した。彼を未解決事件班に加えたことで、音楽を聴く暇すらないほど消耗させたのではないか、とバラードは推測した。

「パパ、いる？」

反応はない。

「奥を確認してくる」マディは言った。

マディは廊下に姿を消し、バラードはキッチンに入ると流しとゴミ箱をチェックして、なんらかの生活の形跡をさぐった。両方とも綺麗で、空だった。バラードはリビングに戻り、ダイニングに歩を進めた。そこにはテーブルの上にきちんと積まれたふたつの書類の束があった。バラードはうしろからまわりこんで、まえかがみになり、ボッシュがここで最後におこなっていた作業を読み取ろうとした。木の床を踏むマディの足音が聞こえ、彼女が動きまわっているのを知る――彼女の父親がここにいないことを示している。

まもなくしてマディが家の寝室のある棟から出てきた。

「彼はここにいないわ」マディは言った。

「キッチンは綺麗だし、ゴミ箱は空だった」バラードが言った。「旅行に出ているあいだ、家のなかで腐るようなものを残しておきたくなかったようね」

「でも、どこに出かけたのかしら？」

「それが問題。彼がどんなスーツケースを持っているか知ってる？」

「ああ、ええ。スーツケースはひとつだけ。古くて、でこぼこ。車輪がほとんどまわらないやつ」

「それがここにあるかどうか確認してくれない？」

「クローゼットを見てくる」

マディが廊下に戻り、バラードはテーブルの上の束のひとつをパラパラとめくってみた。それらはギャラガー一家事件の書類だった。

バラードはテーブルにひきだしがついているのに気づいた。作業用テーブルとしてではなく食事のテーブルとして用いる場合に銀器やナプキンを入れておくためのひきだしだった。バラードは手を伸ばし、手前に引きだした。テイクアウト料理についてくるナイフとフォーク類がほとんどで、ペンやペーパークリップ、ポスト・イットのパッドも入っていた。また、ひきだしにはバラバラの錠剤がいくつかと、「マディへ」と書かれた封筒も一通入っていた。興味をそそられ、バラードが封筒を手に取ったところ、封がされているのに気づいた。錠剤のひとつをつまみ上げる。ライトブルーで円盤状だった。メーカーの刻印あるいはその他の識別コードはなにもついていなかったが、数字の30が印刷されていた。この錠剤は三十ミリグラムであることを意味しているのだろう、とバラードは推測した。

マディの足音が廊下の奥から近づいてくるのが聞こえた。バラードは深く考えずにその錠剤をてのひらでつつみ、ひきだしを閉めたときにマディが部屋に入ってきた。

「スーツケースはここにあった」マディは言った。「でも、短期間の旅行に使うダッフルバッグも持ってる。それがなくなってた。パパはあたしになにも言わずにどこかへ出かけたんだ」

「そんなことまえにあった？」バラードは訊いた。

「うーん、あたしの知るかぎりではない。先週電話をかけてきて、シカゴに一泊する予定だと言っていた。だけど、だれにわかる——あたしに話さずに何度も出張していたはず。あたしに知るよしもない」

「そうだね」

「だけど、彼のプライバシーを侵害してここにいるのは、いい気分がしない。出ていかないと」

「まさに。わたしはきょう約束があってダウンタウンにいかなきゃならないんだ」

マディは鍵を取りだし、ドアに施錠するまえにバラードが先に出ていけるよう、脇にどいた。外に出ると、バラードはマディを振り返った。

「過剰反応だったらごめん、マディ。いま事件捜査の最中で、彼が日曜日に車をぶつけられたこともあり、なにも言わずに姿を見せないことに少し心配になったんだ。だけど、きっと戻ってくるはず」

マディはうなずいた。

「そうだね」マディはそう言ったものの、確信を持てずにいるようだった。

「火曜日にランチで会ったとき彼の様子はどうだった？」バラードは訊いた。

「えーっと、オーケイだったよ。正常だった。つまり、衝突のせいで怪我をしていて、膝がひどく痛むと言っていた。だけど、パパはパパだった。事件の捜査に戻りたいとずっと言ってた」

「そしてそのランチ以降、彼からはなんの連絡もないのね？」

「ないわ。心配しなきゃいけないかな、レネイ？」

「ほんとはわからない。最後にわたしたちが話をしたとき、彼は以前に話をしたことがある証人に会いにいくつもりだった。先方は彼と会いたがらないだろうけど。そして、それだけだった」

「ひょっとしたらあたしたちはその証人に会いにいかなきゃならないかも」

「あたしたち？」

「あたしはきょうオフなの。でも、あたしは警官であり、彼はあたしの父親。その証人というのは何者なの？」

「ちょっと待って。早まらないで。ひょっとしたら彼は――」

「早まっているのはだれ？　彼が証人に会いにいったと言ったのはあなたでしょ――殺人事件捜査だと。それに、だれもパパから連絡を受けていない。その見方のどこが変？」

「オーケイ、いい、わたしは地区検事局との打ち合わせのため、ダウンタウンにいかなきゃならないの。それをさせてちょうだい。それから証人の居場所を調べる。もしあなたのお父さんがそれまでに姿を見せなければ、わたしたちは今夜その女性に会いにいこう」

マディはなにも言わなかった。そうやって先延ばしにされることにマディがいらだっているのがバラードにはわかった。

「あなたがやらなきゃならないのは」バラードは言った。「家のなかに戻り、父親へのメモを書くこと。帰宅したらすぐに電話してほしいと伝えるの。携帯電話を持たずにちょっと出かけているだけで、わたしたちは無駄な心配をしている。やってくれるよね？」

「ええ」マディはふくれっ面で答えた。

「オーケイ、じゃあ、わたしは出かける。連絡を絶やさないようにしよう。いいね？」

「わかった」

「けっこう。なにも問題ないはずよ。あとで話をしましょう」

ふたりはそれぞれの方向に向かった。バラードは車に、マディは家のなかに。

バラードは丘を下り、ハリウッド・フリーウェイに飛び乗った。ダウンタウンを目指して南へ向かう。

ダッシュボードで時間を確認し、地区検事局との約束のまえに科学捜査課のラボに寄ることができると判断する。ボッシュの作業用テーブルのひきだしにむきだしで見つかった錠剤がなんなのか、なんのために彼が服用しようとしているのか、突き止めたかった。さきほど彼の実の娘ですら反対していたようにボッシュのプライバシーをひどく侵害しているのはわかっていた。だが、ボッシュの身になにかが起こっており、バラードはそれがなんなのか突き止めなくてはならなかった。

50

チャーター・ボート・ロウにある駐車場は、広く空いていた。日中のあらゆる活動はすでに完了しており、大半の船は夜に備えて戸締まりが施されていた。ボッシュは突堤沿いに歩き、船名と、連絡先情報やチャーターの可否を記している看板を読んだ。停泊中の船は三十フィート級の屋根のない釣り船から、複数のデッキと船室と眺望塔を持つ遠洋クルーザー船までさまざまだった。

船の並びの終わり近くでひとりの男性がホースを使って、大人数の釣行グループ用の開放型サロンルームを持つ大型クルーザーのデッキ用材に水を浴びせていた。引き潮のため、船と男性はボッシュと突堤よりも下にいた。やがて男は顔を起こし、ボッシュを見た。〝デッキドクター〟と記された塩の吹いた野球帽を被(かぶ)っていた。男は自分が使っているホースにつながっている蛇口を指し示した。

「なあ、あんた、水を止めてくれないか？」男はボッシュに声をかけた。

ボッシュは歩いていき、ホースの水を止めた。

「遅くに戻ってきたのかい?」ボッシュは気安く訊ねた。「ほかのみんなは帰ってしまったぞ」

「わしは出かけないよ」男は言った。「たんに船の掃除をしてるんだ」

「なるほど。デッキドクターだ。デイヴィー・バーンの船の掃除をしたことがあるかい?」

男は首を横に振った。

「あー、あいつは船を持っとらん」男は言った。「CJはヘンリー・ジョーダンの船だ」

「CJ」ボッシュは言った。「それはどの船だ?」

「九隻か十隻手前にある船だ。通りすぎてきたと思うぞ。カラミティ・ジェーン号だ」

「ああ、そうだな、見かけたよ」

「デイヴィーは観光客に自分がその船を持っているようなふりをするかもしれないが、ヘンリーが過半数の所有権を持っていた。それは事実として知ってるんだ」

「じゃあ、デイヴィーはただの投資家か?」

「どちらかと言えば従業員みたいなものだ。だけど、ヘンリーが戻ってきたらそのことを本人に訊けばいい」

「どこから戻ってくるんだ？」

「わからん。充電用のコードを寄越してくれないか？」

ボッシュはあたりを見まわし、スチール桁に取り付けられているフックにコイル状になって引っかけられている太い黄色の電気コードを目にした。桁は船の列の端から端までつづいているトタン屋根のついた日除けを支えていた。コードの一方の端は高圧プラグにつながっていた。ボッシュはコイルを外し、手元のほうを少し解いて残りをデッキドクターに放り投げた。男は船の遠い端まで歩いていき、舷縁の下にある電気コンセントに身を乗りだして、コードをつないだ。ボッシュはそれが船のバッテリーやその他の電気機器を充電するのだろう、と思った。

「で」ボッシュは言った。「いつからヘンリーはいないんだい？」

「ほぼ一年になるな」デッキドクターは言った。「たぶん、バーンの金を受け取って、『じゃあな』と言ったんじゃないか。あいつと女房は世界一周旅行に出かけ、デイヴィーに船の管理をさせ、フローターに住まわせ、なにもかも任せたんだ。甘い取引だと思うが、おれには関係ないね」

「フローターというのはなんだい？」

「宿泊施設付き船（ハウスボート）だ。コーズウェイの反対側、ガリスン湾（バイト）にマリーナがある。そこがすべてのフローターが停泊している場所だ。ヘンリーのフローターも含め。船を持っているおおぜいの人間がそこで暮らしている。歩いて仕事に出るんだ」

ボッシュはうなずいた。

「いい生活だな」ボッシュは言った。「どれがヘンリーのフローターか知ってるかい？」

「住所という意味か？　知らん」デッキドクターは言った。「だけど、彼のフローターは、屋根にニコニコ顔（スマイリーフェース）の海賊が付いているやつだ」

ボッシュはそれがなにを意味しているのか定かではなかったが、説明は求めなかった。

「見ればわかるさ」デッキドクターは言った。「あんたは警官かなにかなのか？」

「そのなにかだな」ボッシュは言った。「いつからこの仕事をしてるんだい、船の作業を？」

「手っ取り早く答えると、一生をかけてる。だけど、ここのチャーター船相手という意味だと、清掃業務をおよそ八年やってるな」

「いつからデイヴィー・バーンはこのあたりにいるんだ?」

「このあたり?　おれのあとで姿を現したのはまちがいないな。たぶん六年まえだ。覚えているのはヘンリー翁が共同経営者をさがしており、おれが現金をかき集めようとしていたからだ。だけど、デイヴィー・バーンが来やがって、おれを出し抜いた。こんにちにいたるまで、どうやったのかわからん。あいつは、ここに姿を現すまえに経営していたあのパブで大損をこいたはずだ」

「その話は聞いてる」

「ああ、あいつはバーをまともに経営できず、そのあとここに現れ、自分がチャーター船と魚釣りのことをなんでも知っていると思ってるんだ」

ボッシュはうなずいた。いまやデッキドクターの負け惜しみをしっかり把握していた。

「で、ヘンリーは一年近く姿を消していると言ったよな?」ボッシュは訊ねた。

「どうだろう、少なくとも八ヵ月から九ヵ月は姿を見ない」デッキドクターは言った。「七つの大陸を旅してまわっているんだろうな。だけど、それは、デイヴィー・バーンの話によればだぜ」

「どうも、ご協力に感謝する。ひとつ頼まれてくれないか?　もしデイヴィーを見かけても、おれのことは言わないでくれないか」

「気にするな。あいつとは口をきかないんだ」

ボッシュは突堤沿いを自分の車まで歩いて戻った。太陽が低くなっているのを見た。ほどなく日没になるだろう。ボッシュはキーウェストの夕暮れ時の聖地であるマロリー・ドックに、この島の有名な瞬間を見るためにいく計画を立てていたが、フィンバー・マクシェーンの居場所がわかるかもしれないという考えに昂奮していた。あしたもあらたな日没があるだろう。もしそれを見るため、ここにいるならば。

駐車車線は一方通行だった。コーズウェイの下を潜って、別のマリーナの出入口に達するのに時間がかかった。斜めになって下っていく入り口が見え、その向こうに浮かぶ村のように水面にハウスボートが鈴なりになっていた。ハウスボートの大半に船外機付きの比較的小さなボートが備わっており、ハウスボートの裏口のドアドックとデッキにつながれていた。ハウスボート自体はパステル色に塗られていて、艀(はしけ)の上に載っかる二階建ての建物で、つなぎ合わせせられてひとつの共同体を形成していた。

ボッシュの視野角度からだと、八つの家があり、ガリスン湾(バイト)にのびていた。最後から二番目の家は、斜めになった灰色の屋根がかかっていて、そこに大きな黄色いスマイリーフェースが描かれている。その顔は、黒い眼帯をして、髑髏(どくろ)とぶっちがいの骨の絵柄がついた赤いバンダナを巻いていた。その家の側面はおなじ黄色で、小型の船外機付きボートが裏のポーチに係留されていた。

フローターの正面にある駐車場は混み合っていた。ボッシュは隣の駐車場に車を停めて、歩いて戻らねばならなかった。また膝が痛くなりだしていたが、ホテルの部屋にアドビルの薬壜を置いてきてしまっていた。フローターに下りていく入り口にたどりついたころには、ボッシュは脚を引きずっていた。

フローターに下りていく通路には防犯ゲートはなかった。ボッシュは手すりを持ち、慎重に急な傾斜路を一歩一歩下りていくと、広くて平らなコンクリート製の栈橋にたどりついた。その栈橋にすべてのハウスボートがつながっていた。

ボッシュはこの浮かぶ住宅街に驚嘆している観光客のようにさりげなく栈橋を歩いた。移動しながら、栈橋の両側にあるそれぞれの住居をおなじ時間をかけて確認した。末端から二番めにある黄色い家にたどりつくと、ボッシュは二階のバルコニーの引き戸があいていて、網戸が閉じられているのを見た。室内から音楽が聞こえてきた――レゲエのビートだったが、なんの曲だかボッシュにはわからなかった。

ボッシュはここで怪我をしていることを活かした。立ち止まり、栈橋の末端にある照明柱にもたれた。左脚を上げ、こわばった関節を動かそうとしているかのように爪先を上下させた。そうしながら、黄色いフローターをじっくり眺めた。デッキ用材が家の右側面まで延びており、奥のデッキとそれに係留されている小型モーターボートへの細いアクセス路になっていた。また、玄関扉には二重の鍵がかかっているのを心に留めた。

いままで集めた情報に満足して、ボッシュは通路の方向に戻っていった。十分見た。長年追いかけていた男があの黄色い家のなかにいるとボッシュは信じた。ホテルの客室に戻らねばならなかった。もっとアドビルを服用し、夜のとばりに隠れて戻ってきたときの計画を練りあげなければならなかった。

51

バラードはヴィッキー・ブロジェットとの四時の約束に十分遅刻した。ブロジェットは未解決事件班の事件を担当する役割の検察官だ。バラードはブロジェットとは気安い、オープンな関係を保ってきたが、いまは事件の概要を説明する際に詳細を省いたり、順番がちぐはぐになったりして、調子が狂っていた。ラボを出てからずっと霧のなかにいるようだった。ハリー・ボッシュを見つけなければならないことでオルガ・レイエスの事件が頭から追いだされてしまっていた。

「本件の一連のつながりでわたしの理解が合っているか確認させて」ブロジェットは言った。「ボッシュはロウルズが大型ゴミ容器に箱を置くのを見たのに、あなたたちはそれを回収するのに三日待ったの？　なぜ？」

「いや、いや、わたしが言おうとしたのはそういうことじゃない。混乱させてごめんなさい」バラードは言った。「ボッシュはあの男が箱を捨てるのを見ていない。ロウルズがボッシュを見かけて、逃げだすことにしたとき、彼が証拠を捨てている最中だったのではないか、とあとになってからボッシュは思いついたの。それで、言い換えれば、ロウルズは箱を捨て、ボッシュを見、自分の車に駆け戻り、逃げだした」

「でも、どうしてあなたたちはそこに戻るのに三日も待ったの？　ほら、そこが問題なの。もしロウルズが箱を捨てるのをボッシュが見ていなかったのなら、こちらはそれを結び付けるのに困ることになる」

「あのね、ほかにだれがありうるというの？　あのゴミ容器は、連続殺人犯がやってる店の裏口から、ほぼ十八メートル離れたところにあった。ボッシュは日曜日に起こった出来事で、かなりの怪我を負ったの。衝突事故で膝とあばらを痛めたし、銃弾が頭を掠めて、耳をそぎ取ったことは言うまでもない。それによって二足す二をするのに二日かかり、そのあとでわたしたちはゴミ容器へのダイビングをおこなった」

ブロジェットは法律用箋に短いメモを書きながらうなずいた。

「そう、そこが問題なの」ブロジェットは言った。「その三日間。その箱を捨てたのはだれであってもおかしくない。知ってのとおり、ロウルズとの銃撃戦は大々的にマスコミで報道された。だれかがその報道を見て、現場にいって箱を捨てた可能性はある。箱が見つかり、ロウルズにつながることを期待して」

霧が晴れようとしていた。バラードは信じられない思いでブロジェットを見た。

「冗談だよね」バラードは言った。「ここでなにが起こってるの？　この子は十三年間も刑務所に入っているのよ。もう子どもですらない。そこにいるべきではないの」

「それについて百パーセント確かなの？」ブロジェットは訊いた。

「ええ、確かよ。ホルヘ・オチョアは無実」

「DNAが一致していた」

「ええ。彼女はオチョアのガールフレンドだった。これが彼の言い分——ふたりはあの夜セックスをした、彼は家に帰った、殺人犯が次にやってきた。そしていま、われわれはそれが起こったことであると知っている。ロウルズの仕業なの、オチョアではなく。殺人の凶器が箱のなかに入っていた。目のまえに検屍報告書があるでしょ。鈍器による外傷、頭蓋骨への円形の衝撃、直径二・五センチ。それはハンマーによる殴打なの、ヴィッキー。明白よ」

「それは全部わかってる、レネイ。言いたいのはそこじゃない。われわれにはロウルズと結びつけるものが必要なの。箱に指紋はついていなかった？　直接箱と、あるいはその中身とロウルズを結びつけるようなものがなにかないの？」

「わたしは調べさせた。指紋なし、繊維なし、ロウルズのDNAなし。だけど、いいこと、彼が箱を捨てようとしていたの。箱は綺麗で、自分にまでたどりつけないことを確認していたはず。その計画のなかの唯一の誤算は、われわれが彼に目を付けており、ボッシュが見張っていたことなの。ボッシュを見かけて、計画に頼ることができず、逃げだそうとした」

「そこには穴が多すぎる。わたしはこれを通りの向こうの検事局に持っていけない。まだね。もっと証拠を集めてもらわないと」

ブロジェットのオフィスはホール・オブ・ジャスティス・ビルのなかにあった。そこからテンプル・ストリートを挟んで真向かいにダウンタウンの刑事裁判所があり、選挙で選ばれた地区検事長のオフィスが十六階にあった。

「ボッシュはそこの住民と口論になったと言ったわね」ブロジェットは言った。「あなたはその男性と話をしたの？　その男性はロウルズが箱を捨てるところを目撃しているの？」

「それが見える角度にいなかったと思う」バラードは言った。「でも、いいえ、われわれはその人と話をしていない。残りの証拠があまりにも自明だから、わたしはその必要性を感じていない」

「そしてその事件の押収品や保管された証拠はなにもない？」

「ない。オチョアが最後の上訴で敗れたのち、裁判所から証拠排除命令が出された。いまここにあるもの以外、なにも残っていない。戻って調べられる事件現場はなく、ロウルズの写真を見せられる目撃者もいない。たんに箱があるだけ」

ブロジェットはうなずき、なにかを書き留めた。

「では、現時点でわたしができることはなにもない」ブロジェットは言った。「残念だけど、レネイ」

「これはリコールのせいなんでしょ？」バラードは言った。

現職地区検事長はリコール選挙に直面していた。犯罪者を投獄するのを比較的困難にするという彼のリベラルな方針が、ロサンジェルス郡の犯罪発生件数の急上昇を招いたせいだった。たいていの犯罪で保釈金を求めないという十六階からのあらたな指示で、犯罪の実行において銃を使用した場合でも刑罰を重くするのが検察官として難しくなり、軽犯罪および一部の凶悪犯罪ですら起訴を猶予することになり、司法制度に次々と犯罪者を社会に出していく回転ドアを作りだしたのだった。マスコミは容疑者が保釈金抜きで、あるいは起訴されることなく、監獄からあらたに釈放され、同種の犯行を――ときには数時間以内に――おこなうということを日常的に報道した。

地区検事長はこれはＣｏｖｉｄの大流行と、その危機のあいだ刑務所の混雑を緩和する必要があったことのせいにしようとしたが、郡内の法執行機関の支持と、大衆からのかなりの割合の支持を失ってしまった。資金力のあるリコール運動が進行中だった。地区検事局が無実の人間を投獄しているという話——現職の地区検事長が当選するまえにおこったことではあるが——が出回れば、彼が職に留まる助けにはならないであろう。

「聞いて、通りの向かいで起こっていることの現実を否定するつもりはない」ブロジェットは言った。「だけど、これがどういうふうになるのか、わたしにはわかる。この件を現状のまま向こうに持っていったら、連中はその場で握り潰し、オチョアはけっして自由の身にならない」

「ということはリコールが終わるまで待てと言ってるのね」バラードは言った。「ホルヘ・オチョアを本人がやっていないことのせいでもう六ヵ月間コルコラン州刑務所で待たせ、彼があそこで費やした長い年月をいっさい考慮しないんだ」

「わたしがあなたに話しているのは、もしこれを通りの向こうにいま持っていき、拒否されたら、たとえ十六階の地区検事長室にだれが陣取ろうと、二度めのチャンスは運次第になるということ」

バラードはうなずき、口をつぐんだ。ブロジェットは自分の敵ではないとわかっていた。状況が状況だった。そしてブロジェットを自分の味方につけておく必要があるのもわかっていた。将来、問題を抱えた事件が不安定な状態でやってくるかもしれないからだ。そのとき、ブロジェットが必要になるだろう。

バラードはこの事件を持っていけるのがこの場所だけではないということもわかっていた。もしリスクを怖れなければ、ホルヘ・オチョアを釈放する別の方法があった。

「わかった」バラードは言った。「聞いてくれてありがとう。だけど、時と証拠が適正になったら、これを持って戻ってくる」

「それをわたしに持ってきてくれることを願う、レネイ」ブロジェットは言った。

バラードは出ていこうと、立ち上がった。

地区検事局の重大犯罪課をあとにすると、ホルヘ・オチョアが育った家で午前中にした会話のことを考え、屈辱感で頬が熱くなった。ホルヘの弟が口にした警察と司法制度への不信感がたったいま正しいと証明されたのだ。バラードはホルヘの母親と弟に連絡を絶やさないと約束したが、いまは、ふたりにどうやって顔向けしたらいいのかさっぱりわからなくなっていた。

エレベーターを待ちながら、バラードが携帯電話をチェックしたところ、電波が届いていないのがわかった。これは驚くことではなかった。重大犯罪課は、ホール・オブ・ジャスティスの最上階にあった元拘置施設に位置していた。数年まえにリノベーションして事務所に替えたものの、床と壁は、コンクリート製で、脱走を防ぐために鋼鉄で補強されたままだった。この建物は携帯電話サービスを停止させることで悪名高かった。地上階でエレベーターから出てはじめて、バラードのショートメッセージとヴォイスメッセージがつながった。マディ・ボッシュから何通も届いていた。

電話して。

すぐ話す必要あり。

どこにいるの?

ヴォイス・メールが二件入っていたが、バラードはわざわざ聞かず、スプリング・ストリートを市警本部ビルに向かいながら、すぐに折り返しの電話をかけた。マディがすぐに電話に出て、すでに会話の最中だったかのように話しだした。

「不気味なの。家に戻ってパパ宛のメモを書こうとしたら、ひきだしに一通の封筒が入っていて、あたしの名前が書かれていた。それで、開封したら、あたし宛の長い手紙が入っていて、あたしがとてもいい人間であり、とても強く、いい警官になるだろうということが書かれていた。まるで死んだあとであたしに知らせたかったことみたい、と思わない？」

バラードはその書き置きがなにを意味しているのか正確に知っていたが、マディをいま以上に動揺させたくなかった。

「あのね、マディ」バラードは言った。「もしかしたら、たんなるまさかのときの――」

「それから、パパからかかってきた電話を受け取りそこねたの」マディが口をはさんだ。「見つけたこの書き置きにとても動揺して、あなたには連絡がつかないし、それで分署にいってトレーニングをしていたの。そのあとシャワーを浴びていたときにパパから電話がかかっていた」

「彼はメッセージを残したの？」

「ええ。いまキーウェストにいて、元気だと言ってた。だけど、なんとなく不気味な気がしたの」

「どういう意味？　どのように不気味だったの？」

「そうね、パパらしくなかった。彼は、自分は元気で、ある事件を調べていると言い、それからあたしのことをとても愛していると言った。なにかまともじゃない口ぶりだった。自分の人生で起こった最高のことがあたしだと言ったの。それにあたしが見つけた書き置きのこと……わけがわからない。ほんとに不安なの」

「彼があなたの携帯電話にかけてきた番号はわかってる？」

「ええ、メッセージを聞いてすぐかけ直した。キーウェストにあるホテルの番号だった。あたしはハリー・ボッシュの部屋につないでもらうよう頼んで、つながった。だけど、パパは出なかった。三度かけたけど、出なかった」

「ホテルの名前は？」

「ピア・ハウスという名前だった」

「わかった、わたしが調べる、マディ。なにかわかったら、すぐに電話する」

「それから、聞いて、もうひとつ、パパの身に起こっている不気味なことで付け加えることがあるの」

「なに？」

「あたしはメモを書く紙をさがしていて、パパの作業用テーブルのひきだしをあけた。そこであたし宛の書き置きを見つけた。だけど、そこにはむきだしの錠剤もいくつか入っていたの。で、あたしがいま所属している部門では、麻薬取締の応援をかなりやっていて、一目見ただけで、不正製造のフェンタニルがわかるようになっている。どこでなぜ手に入れたのかわからないけど、パパはあのひきだしにクソいまいましい合成オピオイドのフェンタニルを入れていたんだ」

それはバラードが先ほどラボで手に入れた情報の確認だった。

「オーケイ、マディ、落ち着きましょう」バラードは言った。「それにはなにか説明があるはず。それに本人が見つかれば、彼が話してくれるはず。だから、そのときまで落ち着いていましょう」

「オーケイ、そうしてみる」マディは言った。「だけど、パパを見つけて。それからあたしにできることがあれば教えて。本気よ」

「わかった。そうする」

バラードは電話を切り、すぐにインターネットで検索して、キーウェスト市警の電話番号を調べた。代表番号にかけ、名乗り、当直指揮官につないでもらうよう頼んだ。バラードはバークという名の警部補と話をし、ピア・ハウスにいる、ある宿泊客の緊急安否確認が必要だと告げた。ボッシュの容姿を伝え、確認を終えたら、すぐに電話を折り返してほしいと頼んだ。

キーウェスト市警が反応するまでどれくらいかかるかわからず、バラードは次にピア・ハウスに電話をかけ、ホテルの警備責任者と話をした。状況を説明し、相手にボッシュの泊まっている客室に安否確認にいってほしいと頼んだ。相手は、警察の立ち会いなく客がなかにいる可能性のある部屋に強制的に入室することはホテルの方針として認められない、と説明した。

「あのね、警察はいまそちらに向かっている」バラードは言った。

バラードは電話を切り、四千八百キロ離れたところにいる人たちからの連絡を待っているのは無駄な気がした。携帯電話の検索窓をひらき、キーウェストにどれくらいの速さでいけるか確認しようとした。十五分後、マイアミ行きの夜行便に合わせて向こうのレンタカーを予約し終わったところに七八六の市外局番の電話がかかってきた。

「キーウェスト市警のボブ・バークだ」

「彼の部屋を確認してくれた？」

「した。だが、空だった。ボッシュはそこにはいなかったし、なにかがなくなっていることを示すものもなかった。クローゼットには二枚のシャツがかかっており、歯ブラシとダッフルバッグがあった。彼の財布はベッドの隣のひきだしに入っていた。うちの職員のひとりが訊きまわったところ、〈チャート・ルーム〉のバーテンダーが、ボッシュがきょう、そこに来て、高価なバーボンをワンショット飲んでいったと答えた。それが役に立つかどうかわからないが、バーテンダーが言うには、ボッシュはデイヴィー・バーンという名のアイルランド人について質問していたそうだ。それでなにかピンと来るかい？」

バラードはためらった。ボッシュはフィンバー・マクシェーンの居場所を突き止めたか、少なくとも彼が使っていた偽名を把握したかのように聞こえた。

「あー、その名前はピンと来ないな」バラードは言った。「でも、彼はこちらでわれわれが調べているある未解決事件の容疑者を追っていたの。容疑者はアイルランド人だった」

「まあ、ひょっとして彼はそいつを見つけたのかもしれないな」バークは言った。「だが、彼の泊まっている部屋には、犯罪の痕跡はなかった。ここいらをもう少し訊きまわってみて、昼勤の人間に、そのことでなにか知っているかどうか確かめてみるつもりだ」

「そうしてちょうだい。それからなにかわかったらすぐに電話してきて。わたしは今夜飛行機に乗って、明け方にはマイアミの地に到着する」

「わかった。ああ、それから、忘れるところだった。客室にはもうひとつほかのものがあった。机の上に封筒があったんだ。封がされていて、レネイという名のだれか宛だった。それはなにか意味が――」

「ええ、それはわたし。なぜ彼はわたし宛の書き置きをそこに置いたんだろう？　わたしはＬＡにいるのに」

「それはおれにはわからんな。ひょっとしてあんたがこっちへ飛んでくるとわかっていたのかもしれない」

その示唆にバラードは黙った。ボッシュは四千八百キロ離れたところからわたしを操っているのだろうか？

「どれもこれも腑に落ちないな」バラードは言った。「もうひとつ、なぜ彼は財布を持たずに出かけたのかしら？　それもわけがわからない」

「財布はひきだしに入っていた。忘れたのかもしれん。それを失うリスクを冒したくなかったのかもしれんな」

どちらの可能性もバラードにはありえないと思えた。ボッシュに対する不安が募ってきた。

「なかに戻って、わたし宛の封筒をあけてもらえないかしら?」バラードは訊いた。

「あー、だめだ、正当な理由を示すことができずにそういうことをするつもりはない」バークは言った。「いまのところ、なんの犯罪もなく、犯罪の証拠もないんだ。すでにおこなった安否確認以上のことはできない。あんたに修正第四条と、不法な捜索と押収の講釈をする必要はないはずだ」

「ないわね、警部補。たんに——」

「昼勤チームからなにかわかったら連絡するよ。それでいいな、刑事?」

「オーケイ。ありがとうございます」

バラードは電話を切り、時間を確認した。夜行便は四時間後に離陸する予定だった。それだけあれば、シーラ・ウォルシュの居場所を調べ、なにがボッシュをキーウエストに送りだしたのか突き止められるだろう。

52

ボッシュはガリスン湾(バイト)の駐車場で車のなかに座り、暗闇のなかに浮かぶ家々を見つめていた。満月が水面にうねる黄色い反射の線を投げかけており、まるでスマイリーフェースの海賊が屋根にいる家までの通路のようだ。ボッシュは各家のなかの照明がひとつ、またひとつと消えていくのを見守った。デイヴィー・バーンが住んでいる家が最後に暗くなった。

ボッシュは見張りを続け、さらに一時間待った。何時間もまえに飲んだバーボンがまだ喉を焼きつづけていた。ボッシュは自分が立てた計画とそれにかかわるリスクをじっくり考えた。いずれにせよ、スティーヴン・ギャラガーと彼の妻、彼の幼い息子と娘のための正義は夜明けまえに果たせるだろう、とわかっていた。

ようやく午前三時にボッシュは車を降り、浮かぶ家々に下っていく通路に向かって歩いた。空とおなじ暗い色の服を着ていた。両手には手袋をはめ、ピア・ハウス近くのフロント・ストリートを渡ったところにあるドラッグストア〈CVS〉で買ったドライバーを携えている。

夜になって急激に低下した気温のため生じた湿気で通路は滑りやすくなっていた。ボッシュは手すりを摑み、ゆっくり、慎重に下っていった。少しでも足を滑らせたら、膝に燃えるような痛みが走るだろうと気をつける。鎮痛剤をあらたに服用して、目下のところ、なんとか痛みを抑えていた。

コンクリート製の桟橋に到着すると、各家の人感センサー照明が灯るかと思っていたが、いっさい灯らなかった。浮かぶ家のゆるやかな動きが頻繁に人感センサーを反応させてしまうので、そのような基本的なセキュリティ対策が追放されたんだろうな、と推測する。

端から二番めの家にたどりつくと、躊躇なく通路を渡って前部甲板に足を踏み入れた。そこで立ち止まり、耳を澄まし、この到着が勘づかれたかどうかを判断しようとした。

なにも起こらず、ボッシュは家の裏につながっているサイドデッキに移動した。裏のデッキの引き戸を外して、なかに入れるようにドライバーを持参していたが、裏にたどりつくと、引き戸が三十センチほどあいたままになっていて、家の入り口は網戸だけの状態であることを見て取った。

網戸には鍵がかかっていたが、ボッシュはドライバーを使って、網に容易に穴をあけることができた。そこから指を使って、手が通るくらい網の穴を広げた。手を伸ばし、網戸の鍵を外すと、慎重に、静かに引きあけた。

ボッシュはその家に忍びこんだ。月明かりから踏みだすと家のなかが漆黒の闇であることに気づく。目が慣れるまでしばらく待つ。大きな液晶TVが壁にかけられ、反対の壁にはカウチセットがあり、そのまえにローテーブルがあった。ボッシュがいま立っている部屋の向こうにはダイニングルームがあり、キッチンに通じる壁にあいた出入口があった。電子レンジのデジタル・クロックの明かりがいまが三時十分であることを示していた。

右側に二階に通じている階段の形が見えた。ボッシュは階段に向かって一歩近づいたが、背後から声が聞こえて立ち止まった。

「動くな」

ボッシュは凍りついた。背後で明かりが灯った。ボッシュは両手を肩の高さに挙げて、ゆっくりと振り返った。そうしながらドライバーを袖のなかに落とした。

ひとりの男が網戸のまえの部屋の隅にある詰め物入り椅子に座っていた。ボッシュは暗闇のなかで、家に入ったときに男のすぐそばを通りすぎていたのだった。男は銃を持ち、ボッシュの胸を狙っていた。

フィンバー・マクシェーンだった。ボッシュは尻ポケットに入れている広域手配のビラに載せた写真で、すぐにわかった。伸び放題のあごひげは白髪まじりになっており、剃り上げた頭は、カラミティ・ジェーン号で広々とした海に何日も出ていたせいで黒いくらいに日焼けしていた。明らかに暗闇のなかでボッシュを待っていたのだ。

「おまえは何者だ？」マクシェーンは訊ねた。

「おれが何者かはどうでもいい」ボッシュは言った。「おれが来るとだれに聞いた？」〈チャート・ルーム〉のバーテンダーであるトミーが情報提供者でなければいいのだが、とボッシュは願った。

「だれもおれに話す必要はなかったぜ」マクシェーンは言った。「きのう、おまえをそこで見たんだ。警官特有の服装をして観光客に見せかけようとしていたな。おれは観光客を知っているし、警官を知っているんだ」

「おれは警官ではない。もうそうじゃない」

「それはどういう意味だ？」

「もう終わりだという意味だ。ほかの仲間がおり、彼らはおれがここにいることを知っている。あとからやってくる。おまえは終わりだよ……マクシェーン」

本名を口にしたことで、相手の目に一時的に警戒が浮かんだが、すぐに消え、自分が銃を持っていて、有利な立場にいるのがわかっているという自信が取って代わった。

「ぐるっと回れ。三百六十度回るんだ」

ボッシュは黒いジーンズとマルーン色のドレスシャツを着ていた。この旅支度をしたとき、夜闇に紛れて行動する計画は立てていなかった。ボッシュは両手を上げたまま言われたとおりにぐるっと回って、武器を持っていないことを示した。一周まわると、ふたりはまたにらみ合った。

「足首を見せろ」マクシェーンは言った。

ボッシュはうなずいた。マクシェーンは、賢く立ち回っており、ボッシュが武器を隠している場合に備えて、近づかないようにしていた。ボッシュは手を伸ばし、ズボンの両方の裾を引っ張り上げた。袖からドライバーが落ちないように注意しながら。アンクル・ホルスターを装着していないことを相手に見せる。

「武器を持ってないだと」マクシェーンは言った。「おれを殺しに来たのに、武器を持ってないのか？」

「おれはおまえを殺しに来たんじゃない」ボッシュは言った。

「じゃあ、なんのために？　なぜおまえはここに来たんだ？」

「おまえに言わせたいんだ」

「なにを言うんだ、マザーファッカー？　謎々を言うのを止めろ」

「おまえがギャラガー一家を殺害したことをだ」

「なんてこった……LAから来たのか。そうか、はるばる無駄なことのために来たもんだな、爺さん。水深十二メートルの錨鎖（びょうさ）の先につながれるためとは」

「それがヘンリー・ジョーダンと彼の妻の身に起こったことなのか？　ふたりを鎖でぐるぐる巻きにして、水のなかに沈めたのか？　ダン・キャシディはどうだ？　彼も水底にいるのか？」

今度はマクシェーンの顔に一瞬驚きの表情が浮かぶのをボッシュは見た。

「先ほど言ったように、おまえのことをすべて知っている複数の人間がいるんだ」ボッシュは言った。「そして彼らはおれのすぐあとにやってくる。今回は、おまえは逃れられない」

「ほんとか？　そう思ってるのか？」

「思ってるのじゃなく、わかってるのだ。だから、おまえには選択肢がある。ギャラガー一家の話をし、いっしょにＬＡに帰る。あるいは、ここで行動を起こし、逃げようとするか」

マクシェーンは笑い声を上げた。

「おい、そっちは赤子の手をひねるほど簡単だと思うぜ」マクシェーンは言った。

「どうかな、マラソンより先にはいけないだろう」ボッシュは言った。

「そうか？　まあ、爺さん、少しは肝っ玉があるみたいだ。そこは評価してやろう。だが、おまえに知らせたいニュースがある。おれはＬＡには戻らない。それにどんな根拠があって、おれがここから車で脱出しようとすると思うんだ？」

「なぜなら、おれがここに来るまえにおまえの船のところにいったからだ。カラミティ・ジェーン号だったな？　燃料タンクに水を入れたので、あの船ではどこにもいけないよ」

「ハッタリかましてるだろ、クソ野郎」

「飛行機を利用することもできるが、そっちのほうが容易に追跡できる。オーヴァーシーズ・ハイウェイがおまえの唯一の選択肢だが、それだと長距離運転になる。本土にたどりつくまえに逮捕されるだろう」

「全部検討済みというわけか？」

ボッシュは答えなかった。ボッシュはひたすら銃を見つめていた。それに心構えをしていた。終わりが来る心構えだ。マクシェーンは銃でボッシュの心臓に狙いをつけたまま立ち上がった。

「だったら、盗聴器を身につけているんだな？　おれに自白させてここから電波に乗せて送るんだろ？　シャツのまえをあけやがれ」

ボッシュは右手をおろし、シャツのボタンを外しはじめた。

「いや、盗聴器はない」ボッシュはそう言って、シャツのまえをひらいた。「おまえとおれだけだ。おれはおまえが言うのを聞きたいんだ。そのあと、おまえがしなきゃならないことをすればいい」

マクシェーンは一歩近づいた。

「おまえの望みのものをやろうじゃないか、爺さん。話してやろう。だが、それはおまえが耳にする最後の言葉になるだろう」

「彼らは眠っていたのか？」

「はあ？」

「エマとスティーヴン・ジュニアだ。ふたりの子どもたちだ。おまえがふたりを殺したとき、ふたりは眠っていたのか？　それともふたりは自分たちの身になにが起ころうとしているのか知っていたのか？」

「おまえにとってはそのほうがいいのか？　あいつらが寝ていたら、自分たちの身になにが起こるか知らずにいたらってか」

「そうだったのか？」

「いや、あいつらはひざまずいていたぜ。そして、なにが起ころうとしているのか知っていた。ふたりの両親とおなじようにな。それを知ってどう思う？」

マクシェーンの目がそのときの記憶で輝いた。その黒い瞳のなかにボッシュは、あらゆる人間性を欠いたうつろを見た。憤怒が体のうちで込みあげてきて、ボッシュの脳裏にかつてつねに携えていたエマとスティーヴン・ジュニアの写真が浮かび上がった。裁きを求める原始的な唸りがボッシュの心のもっとも暗い襞からわき起こった。

マクシェーンはなにかやってくると感じたようで、銃口をボッシュの顔に向けて、ぐいっとまえに進み出た。

「向こうを向け。その壁際に立て」

ボッシュは覚悟を決めた。両手をだらんと下ろし、言われたとおりに背を向けようとしているかのように右方向に肩を下げた。だが、次の瞬間、半歩左に後退し、袖からドライバーを落として、手のなかに握った。

マクシェーンが近づいてくると、ボッシュは右手を突き上げ、銃を摑み、狙いを上方向にそらそうとした。同時に左腕を上に繰りだし、マクシェーンのあばらにドライバーを突き刺した。

マクシェーンの体がその衝撃に固まり、彼は呻いた。まだ相手にしがみついたまま、ボッシュはドライバーを抜き、二度めの凄まじい突きを加えた。今度は、あらたな上向きの角度で突き刺した。全体重をマクシェーンに浴びせかけ、相手を一メートル以上うしろに押しやり、壁にぶつけた。

ボッシュはマクシェーンをその場に釘付けにし、銃を持つ手を上で押さえ、ドライバーに圧力を加えつづけた。マクシェーンのねばつく温かい血が工具を持つ手に垂れてくるのを感じる。

マクシェーンに寄りかかりながら、ボッシュは相手の最後の、必死な息遣いを顔に感じられるくらい近くにいた。五十年まえのトンネル以来、こんなにも近くで人を殺したことがなかった。マクシェーンの体の緊張感と力が弱まり、徐々に命の灯が消えていくのを感じながら、ボッシュは相手の目をじっと見つめていた。

銃を摑んでいるマクシェーンの力が弱まり、やがて銃を放した。武器はボッシュの肩に跳ねて、音を立てて床に転がった。するとマクシェーンは壁に沿ってずるずると下がりはじめた。その目には驚きの色が浮かんだままだった。

ボッシュはマクシェーンの体を放した。マクシェーンは座った姿勢になり、壁に支えられた格好になった。ドライバーは刺さったままだった。やがて血が体を伝って床に流れ落ちた。

ボッシュは銃を蹴って床の上を滑らせ、うしろに退くと、マクシェーンが血を流すのを見守った。その目は焦点を失い、やがてなにもないところをうつろに見つめた。

53

夜行便は午前六時にマイアミ国際空港に到着し、バラードは一時間もしないうちに、レンタカーのカップ・ホルダーにラージサイズのコーヒーを入れて、キーウェストへの道路を進んでいた。当面の最大の懸念は、この四時間のドライブ中、注意を怠らず、レンタカーをオーヴァーシーズ・ハイウェイの車列に入れておけるかということだった。ＬＡからの飛行機はほぼ満席で、最後に空いていた席のひとつを予約した。エコノミークラスの中央の席になり、両側をふたりの男性に挟まれる形になった。ふたりとも飛行中ずっと眠って、いびきをかいてくれた。

一方、バラードは一睡もしなかった。その代わり、ハリー・ボッシュと、彼が自宅からこんなにも離れたところでやっていることについて考えつづけた。

目的地まで多島海を半分進んだところで、マイアミのラジオ放送局の電波の届く範囲を外れ、フロリダ・キーズの天気予報局に耳を傾けることになった。そのラジオ局は、十五分ごとにおなじニュースを繰り返した。ハリケーン・シーズンまえの異例な嵐がアフリカ海岸沖で生まれ、カリブ海に向かっていた。マラソンの天気予報局のキャスターは、その発達具合を注意深く見守っている、と言った。

キーウェストまで十六キロを切り、キーウェスト市警に電話をかけようとしたところで、携帯電話が鳴った。午前八時前のＬＡからの発信だった。バラードは電話に出た。

「こちらはレネイ・バラードです」

「ミック・ハラーだ。昨晩、メッセージを残してくれたね」

「ええ、そうしました」

「運転しているようだが、話はできるかい？」

「話せます。わたしはロス市警の刑事です。ハリー・ボッシュと働いてきました」

「母親違いの兄弟だ。きみが何者かは知ってるよ、バラード。これはハリーの件かい？　彼は無事か？」

バラードは、ボッシュが無事ではない可能性について踏みこみたくはなかった。

「あなたに引き受けてもらわねばならないと思っている事件の話なんです」バラードは言った。

「警察から紹介があるのは、ちょっと珍しいな」ハラーは言った。「だけど、どうぞ、話してくれ」

「まず、これは紹介を表に出せない紹介であることからはじめさせて下さい。その事件のことをわたしが伝えたと言ってもらっては困ります」

「わかった」

「口にして確認して下さい」

「紹介を表に出せない紹介だ。きみがわたしに話そうとしていることがなんであれ、もしそれを引き受けるとしたら、きみの関与はこの電話で終わり、そのことをわたしはだれにも明かさない。これでいいかね？」

「いいです」

「じゃあ、話してくれ。これから法廷にいく用意をしないといけないんだ」

「オルガ・レイエス。ロス市警事件番号〇九ダッシュ〇四一八。いまのを書き留めて下さい。彼女は二〇〇九年に殺されました。彼女のボーイフレンドのホルヘ・オチョアが、間違って告発され、殺人の有罪判決を受けたんです」

「人身保護請求。人身保護請求がどれほど難しいか知ってるかい？」

「でも、あなたは無実の人たちを釈放させたことがある。ハリーから聞いてます」

「ああ、めったにないこと（ワンス・イン・ア・ブルー・ムーン）だった」

「だったら、これが青い月なんです。オチョアは無実であり、ロス市警も地区検事局もそれを知っています。彼らはリコール選挙のせいで、黙殺しているんです」

電話の向こうで沈黙が下りた。

「聞いてます？」バラードは訊ねた。

「ああ、聞いてる」ハラーは言った。「つづけてくれ」

「わたしは未解決事件班を率いています。テッド・ロウルズ事件のことを聞いてますか？」

「もちろんだ。あの銃撃戦の一方の側にいたのがハリーだとも聞いた。今週、彼に五回メッセージを残したが、返事がないな」

「たぶんそのメッセージを受け取っていないですよ。彼の携帯電話はまだ証拠として押収されています。とにかく、オチョアはガールフレンドを殺したとして有罪になりました。ＤＮＡが一致したという動かぬ証拠があった事件です。ただし、彼は彼女を殺していません。ロウルズが殺したんです」

「ということは、要するに、ロウルズとオルガをつなぐ証拠をきみが見つけたのに、検事局が黙殺しているんだな」

「あなたは優秀ね」

「優秀かつ腹が立っている。そのホルへという男は、いまどこにいるんだ？」

「コルコラン」

「オーケイ、なにに提出命令（サピーナ）を出す？　だれを召喚（サピーナ）すればいい？」

「わたしを召喚し、オルガ・レイエス事件に関するすべての証拠の提出命令を出させて。いま事件番号を伝えました。わたしたちは、ロウルズの事業所の裏にある大型ゴミ容器のなかでレイエスの事件現場からなくなっていた物証を見つけたんです。ハリーが見張っているのに気づいたロウルズがそれを捨てたんです。残りは、ニュースを見て知ってますね」

ハラーは口笛を吹くような音をかすかに立ててから、言った。

「その物証とは？」

「被害者の寝間着と、ホルへが彼女にあげたブレスレット。わたしはホルへの母親に会いにいき、そのブレスレットが息子のものであることを母親が確認しました」

「そこにわたしがこういうふうに入っていこう。その母親に会いにいき、署名をもらい、そこから引き受ける。だれもその情報がきみから来たものだとはわからないだろう」

「そうしてもらえるとありがたいです。それに、殺害に使われた凶器も入手しました。ハンマーを。ロウルズはそれも保管していたんです。そのハンマーを検屍報告書と突き合わせることができます」

「きみはこの件を銀の大皿に載せてわたしにくれようとしている。母親の名前と住所はすぐ出てくるかい？」

「ハイウェイを下りたらすぐに。メールで送ります」

「オーケイ。これで十分だと思う」

「引き受けてくれてありがとうございます」

「どういたしまして、バラード刑事。進展があれば連絡する。もしこれを法廷に持ちこんで、わたしがきみを証言台に着かせたら、きみはこの電話を後悔するかもしれないが」

「そんなこと心配していません。もし敵性証人としてわたしを扱うなら、それがいい隠れ蓑になるでしょう。だけど、ハリー・ボッシュも呼びだすことになるでしょう。彼がわたしといっしょに調べていたんだから」

「そのときはそのときだ」

電話を切ってから、バラードはキーウェスト市警に連絡して、ピア・ハウスで立ち会ってくれる警官の手配を頼んだ。警備員にボッシュの客室のドアをあけてもらえるようにだ。バラードは自分宛に封印された書き置きを読んでみたかった。それがボッシュの行き先となにをするつもりだったのかについて教えてくれるだろう、と信じていた。

十五分後、ピア・ハウスに到着すると、すでに駐車場にキーウェスト市警の車が停まっていた。バラードはその隣に車を停め、ロビーに入ると、ふたりの制服警官がリゾートホテルの警備責任者といっしょにバラードを待ち受けていた。バラードがバッジと身分証明書を提示すると、リゾートホテルの警備責任者、ミュノスは、ボッシュの部屋のキーカードを用意しており、すぐに向かえますと言った。一行はロビーの奥のドアを出て、瑞々しい熱帯の草木でできた迷路のような通路を通り、プールをまわって、四階建てになっている宿泊施設に向かった。

狭いエレベーターに押し合いへし合いするように入る。警備責任者が言うには、そのエレベーターが二〇二号室にいちばん近いからということだった。

客室の入り口で、警備責任者はノックをし、ドアの側柱に頭を近づけて、耳を澄ました。

「リゾートの警備担当です」彼は呼びかけた。「ボッシュさま？　警備担当です」

彼は数秒待ってから、またノックした。ドアをあけようとして、ポケットからキーカードを取り出した。

「警備担当です」彼は言った。「いまからドアをあけます」

54

ボッシュは深く眠りこんでいて、最初のノックの音は、トンネルの夢にほとんど入りこんでこなかった。ボッシュははじまりもなく終わりもない暗くて狭い場所を延々と動きまわっていた。

二度めのノックでボッシュは目をあけた。見知らぬ部屋のベッドの上にいた。暗かった。カーテンが引かれていて、バスルームからの明かりしかなかった。部屋のドアがカチリとあく音が聞こえた。ボッシュは上体を起こした。

「撃つな！」ボッシュは声を張り上げた。「撃たないでくれ！」

彼らはドアをあけ、なかに入り、廊下を通って、部屋に入ってきた。

ボッシュは入ってきたのがバラードだとわかった。スーツ姿の男性ひとりと、ふたりの制服警官がいっしょにいた。

「ハリー」バラードは言った。「大丈夫なの？」

「レネイ」ボッシュは言った。「きみはなにしてるんだ——来たのか」

バラードはボッシュに答えなかった。うしろにいる男たちのほうを向き、両手を上げて、うしろに下がるように合図した。

「彼は大丈夫です」バラードは言った。「誤報でした。なにも問題ありません。みなさんは——」

「確かですか、マーム？」スーツ姿の男は言った。「彼は混乱している様子ですが」

「きみらが起こしたんだ」ボッシュは言った。「ああ、混乱しているよ」

ボッシュは両手と着衣に血が付いていないか確認したが、どこにも血は付いていなかった。服を着たまま寝てしまっていた。髪の毛は長い夜の片づけのあとで浴びたシャワーでまだ湿っていた。

ふたりの警官のうち年輩のほうがバラードを押しのけ、寝室に入った。彼はベッドサイド・テーブルの照明をつけ、ボッシュを見た。ボッシュはベッドの端に座っていた。ボッシュは裸足で、清潔な長袖シャツとズボンを着ていた。寝るときのための物をなにも入れてこなかったのだ。

「ほんとに大丈夫ですか？」警官は訊いた。

「大丈夫だ」ボッシュは言った。「真夜中に泊まっている部屋に人が入ってくることに慣れていないだけさ」

「もう正午近いんです。なんらかのドラッグかアルコールを摂取しましたか？」

「いや、なにも飲んでない。大丈夫だ。ただ……疲れているだけなんだ。遅くまで起きていたせいで」

「診察を受けますか？」

「いや、診察は受けたくない」

「あなたは自分を傷つけたり、他人を傷つけたりするつもりですか？」

ボッシュは無理に笑って、首を横に振った。

「冗談だろ？　いや、おれは自分を含め、だれかを傷つけるつもりはない」

「わかりました。では、われわれはあなたの同僚にあなたを預けます。それでいいですか？」

「それでいい。そのほうがありがたい」

「わかりました、では、よい一日を」

「ありがとう。わざわざ呼びつけるようなことになってすまない。たんに眠りが深かっただけなんだろう」

警察官は踵（きびす）を返して戸口に向かい、そのあとを彼のパートナーが追った。肩に無線マイクを載せていた。彼はそちらに口を近づけ、なにごともなく現場を撤収する、と報告した。スーツ姿の男も警官たちにつづいて、外へ出た。

「みなさん、ありがとうございます」バラードは彼らに呼びかけた。「誤報で申し訳ありません」

ボッシュはドアが閉まる音を耳にした。まずバラードが口をひらくのを待つ。

「ハリー、いったいこれはなに？」

「なにって？　きみはここでなにをしてるんだ？」

「彼らとおなじように、あなたの無事を確認しに来たの」

「おれが無事であることを確認するため、国を横断したのか？」

「あなたがそうさせたがったからだと思ってる。シーラ・ウォルシュの聴取。マディへの電話。あなたはパン屑を落としていた」

「きみがそう言うならな」

「そう言ってる」

ボッシュは立ち上がり、自分の靴下と靴をさがした。それらは部屋の隅にある椅子のそばの床にあった。ボッシュはそちらへ歩いていき、椅子に腰かけ、両方を履きはじめた。

「マクシェーンを見つけたのね？」

ボッシュは答えなかった。靴紐を結ぶ作業に集中していた。それから立ち上がるとカーテンをあけた。強烈な陽の光がダイヤモンドをカットするかのように水面に照り返して、目に飛びこんできた。

「あなたがわたし宛に置いていた書き置きはどこにあるの？」バラードは訊いた。

ボッシュは彼女を振り返った。バラードはまだ廊下の戸口に立っており、まるでそこから部屋に入ってきたがらないでいるようだった。

「書き置きって？」ボッシュは訊いた。

「これはあなたのはじめての安否確認じゃないの、ハリー。彼らはきのうの夜もここに来ている。あなたはいなかったけど、あなたの財布がひきだしのなかに入っていて、机にはわたしの名前が書いてある封筒が置かれていた。パン屑ね」

「きみがなんの話をしているのかわからない」

「いいえ、あなたはわかってる」

「書き置きはなかったんだ、レネイ」

バラードは黙った。だが、ボッシュは彼女がすべてを把握していることを知っていた。

「じゃあ、それはあなたが彼を見つけたという意味なんだ。なにがあったの？」

ボッシュは水面に視線を戻した。

「事件は解決したとだけ言わせてくれ」ボッシュは言った。「そして、そのままにしておこう」

「ハリー」バラードは言った。「あなたはなにをしたの？」

「解決したんだ。きみが知らなきゃならないのはそれだけだ。ときには……」

「ときにはなに？」

「ときには正しい理由のために間違ったことをすることがある。そして今回はそのときであり、それがこの事件だった」

「ああ、ハリー……」

ボッシュはバラードが名前を口にしたその一言に失望と苦悩がすべてこめられているのを読み取った。ボッシュはまだ彼女のほうを振り返れなかった。

「おれに選択の余地がなかったことを知ったら、少しはきみの助けになるか？」

「いえ、そうは思わない」バラードは言った。「なにがあろうと、どのように起こったのであろうと、あなたが実行したことにちがいはない」

ボッシュはうなずいた。そのとおりだとわかっていた。

「ほかのことを話さないか？」ボッシュは言った。

「たとえばどんな？」バラードは言った。「あの小さな青い錠剤のこととか？」

「いったいなんの話だ？」

「あなたの家のひきだしでわたしがみつけた不正製造のフェンタニル。あなたの娘もそれを見つけているわ」

ボッシュは風景から目をそらし、バラードを見た。

「おれの家に入ったのか？」

「あなたは行方不明になっていた。わたしは心配したの。マディも心配した。彼女は錠剤とあなたが彼女宛に残した書き置きを見つけた」

「クソ、あれはずいぶんまえにあそこに入れておいたんだ。何ヵ月もまえに」

「彼女はそれを読み、当然ながら動揺した。加えて、あの錠剤。どう考えても遺書でしょ。あなたの体はどうなってるの、ハリー？」

「マディに話すよ。少なくともあと数ヵ月はあの書き置きを彼女は見つけるはずがなかったんだ」

「それはどういう意味？」

ボッシュは移動し、ベッドの縁に腰を下ろした。

「きみの部下の共感能力者、コリーンだっけ？　彼女は正しかった」

「なんの話？」

「彼女が最初おれから出ていると思った黒いオーラだ」

「なにが言いたいの？」

「一度、おれが担当した事件の話をしただろ、なくなっていたセシウムを見つけたという話」

「ええ」

「ああ、なんというか、その影響がまた出てきたんだ。処方された薬は、たんに進行を遅らせただけだった。いまでは骨髄に転移している」

バラードが反応するまで、長い間が空いた。

「残念だわ、ハリー。まだ処置は受けてるの？」

「ああ、放射線治療は少し受けた」

「診断はどうなの？　いったいどれくらい――」

「訊かなかったよ。知りたくないからだ。ひきだしのなかの錠剤は、当直時間の終わり（エンド・オブ・ウォッチ）（殉職を意味する警察用語）のためのものだ」

「ハリー、そんなことをしちゃだめ。マディはそのことをなにも知らないんでしよ？」

「ああ、それにあの子には知らせたくない」

ボッシュは顔を起こし、肩越しにバラードを見た。

「オーケイ」バラードは言った。「だけど、彼女に話さなきゃならないわ。実際のところ、わたしがあなたを見つけ、あなたが無事であることを、わたしたちは一刻も早く彼女に伝える必要がある」

「あの子に連絡できるが、それ以外のことを知る必要はないんだ」ボッシュは言った。「あの子は人生をはじめたばかりで、おれなんかを気にしてちゃいけない」

「それはほんとにクソッタレな言い草ね」

「こういう状況だからな。おれは毎朝、ひきだしからあの錠剤を取りだしている。それから一日の終わりに元に戻すんだ。しかるべきときが来れば、おれは戻さない」

「そんなことしちゃだめだって、ハリー」

「もしそうしなければ、ひどいことになる。おれはそれを望まない。マディには、あの家をもらってもらい、どんな幽霊もいない人生を歩んでほしいんだ」

「でも、それこそあなたが彼女に残していくものじゃない。ひとつの幽霊を」

「もうこの件で話したくないんだ、レネイ。ＬＡに戻ったらマディと話す。いまは、電話をかけないと」

「だれに電話をかけるの？」

「スティーヴン・ギャラガーの姉がアイルランドにいる」

「なにを彼女に伝えるつもり？」

「たいしたことは伝えない。たんに正義が果たされたとだけ伝え、ほかはなにも伝えないよ。向こうはここより五時間進んでいると思う。あまり長く待ちたくないんだ。おれが電話するときは彼女にとって日中であるべきだ」

「それからどうするの？」

「それから車でマイアミに戻り、家に戻る飛行機を捕まえようと思う」

「せめて娘さんにメッセージを送って、無事であることを知らせたら？」

「携帯電話を持っていないんだ。おれの代わりにメッセージを送って、あした話をすると伝えてくれないか？　なんと言えばいいのか考えなきゃならない」

「わかった、ハリー。それは任せて」

「ありがとう。きみはどうするんだ？　ここに着いたばかりだろ。おれといっしょに戻りたいか？」

バラードはボッシュの向こうにある水面を見た。

「しばらくここに残って、日没を見ようと思ってた」バラードは言った。「ここの日没は凄いはず」

ボッシュはうなずいた。

「おれもそう聞いている」ボッシュは言った。

「ひとつだけ教えて」バラードは言った。「オフレコで、あるいはどんな形でもあなたの望む形で」

「やってみる」

「あなたは彼を殺しにここに来たの？」

ボッシュはしばらく黙ったあげく、答えた。

「いや」ようやく彼は言った。「それはまったく計画になかった」

エピローグ

事前の約束に基づいて、バラードが車を運転した。ボッシュはレンタカーの走行メーターを進めたくなかったからだ。午前六時にバラードはボッシュを拾い、八時まえにオールド・スパニッシュ・トレイルのあの場所にやってきた。コード3の緊急灯を使ったおかげで、平均して時速百五十キロで飛ばせた。

ボッシュはギャラガー一家の遺灰を入れた木箱を持って車を降りた。何年もまえ、ショバーン・ギャラガーは弟一家の遺灰を撒いてくれるようボッシュに頼んでいた。それをアイルランドにいる自分の元に送り返してもらうのは、正しいことに思えなかったからだ。スティーヴンがずいぶんまえに捨てていった地に戻すのは。ボッシュはやりましょうと答えたが、彼は待っていた。自分がこの事件を終わらせ、家族にとっての正義が果たされるまで、その最後の仕事を遂行しないと決めていた。

いまがそのときだった。

ふたりは藪のなかを歩いて、メスキートの木の近くに四つの石の彫刻が立っている場所にたどりついた。ボッシュが最後に訪れたときから、この塔のどれも崩れてはいなかった。四つの異なる高さでバランスを保ってしっかり立っている――父と母と息子と娘。

バラードとボッシュは運転中、あまり話さなかった。キーウェストからずっとそんな感じだった。だが、ボッシュが砂漠にいき、遺灰を撒くという計画をバラードに話したとき、彼女はすぐにいっしょにいってもいいか、と訊いてきた。そして、いま、ふたりはここにいた。ボッシュが事件を終わらせるという炎と意欲を引きだしたとバラードが知っている聖なる地へ――正しい理由のためにボッシュが間違ったことをやってしまった場所に。

ふたりは石のまえに立った。ボッシュは両手で箱を掴んでいる。乾いた風が北から吹き下りてきて、足下の花の花弁を優しく動かした。バラードは気軽な質問で会話をはじめた。

「マディとはどう？」

ボッシュはしばらく答えを考えてから口をひらいた。

「話をし、あの子はおれの体になにが起こっているのか知った。それを隠していたことに不満をもったが、なぜそうしたかは理解してくれたと思う。おれの世話をするために あの家に戻りたいと言ってくれたが、おれはノーと言った。彼女には彼女なりの暮らしがある。おれはただ、娘が仕事に集中できなくなるような懸念材料になりたくないんだ」

バラードはうなずいた。

「彼女はいい警官よ」バラードは言った。「大丈夫だと思う」

ボッシュはほかになにも言わなかった。バラードはしゃがんで、小さな白い花のひとつをつまみ上げた。親指と人指し指で茎をつまみ、風車のように回転させる。

「なぜマクシェーンはこの場所を選んだんだろう?」バラードは訊いた。「適当に選んだのかな?」

「多分な」ボッシュは言った。「だが、われわれにはその理由はけっしてわからない。既知の未知のひとつだろう」

「彼はあなたに話したんじゃないかなと思ってた」

ボッシュは石から目をそらし、しゃがんでいるバラードを見おろした。

「いや、あいつは言わなかった」ボッシュは答えた。

「それは残念ね」バラードは言った。「彼はなにか白状したの?」

バラードは立ち上がって、ボッシュの隣に並んだ。ボッシュはうなずいた。

「ああ。全部白状した。自分がやったと言った」

「無理矢理？」

ボッシュは渋い顔をした。

「あいつは銃を持っていた。おれじゃなく」

バラードはどういう状況だったのか理解した。

「わたしがなにを考えていると思う？　あなたは自分の命と引き換えにその自白を手に入れようとあそこにいったんだと思ってる。あなたはパン屑を残していき、もしそれでだれかがあとを追いかけ、あいつを地面に伏せさせて逮捕することになるのなら、自分を犠牲にするつもりでいた。以前の犯行のためではないとしても、あなたを殺したせいで彼を逮捕できる、と。だけど、そこでなにかが起こり……あなたは決心を変えた」

ボッシュはおよそ一分近く黙禱（もくとう）をつづけた。そして、低いほうのふたつの石の塔に向かってうなずいた。

「ふたりは起きていて……知っていたんだ……あいつに殺されるんだと。あのふたりの子どもは。それはおれがずっと抱えていた疑問だった。あいつが逃げおおせていること以上に気になって仕方なかったんだ」

ボッシュはそこで言葉を切ったが、バラードはなにも言わなかった。

「怒りの世界だ」ボッシュは言った。「人は思いもよらないことをする。自分でも思いもよらなかったことをするんだ」

バラードはうなずいた。

「言いたいことはわかる」

「いや。きみがけっしてわからないことを祈る」

沈黙がつづいた。バラードはあたりを見まわし、遠くの稜線と塩田を確認し、ふたたび足下の花に視線を戻した。

「砂漠にすばらしく美しいものがあることを忘れてしまいがちね」バラードは言った。

ボッシュはうなずいた。

「そしてこの花、みごとね」バラードは言った。

「砂漠の星だ」ボッシュは言った。「このめちゃくちゃな世界における神の徴だ、と言った男を知ってる。灼熱と冷気に対して、生きるのを止めさせたがっているあらゆることに対して、果敢であり、恢復する力を持っているんだ」

バラードはうなずいた。

「きみのようにな」ボッシュは言った。

バラードはボッシュを見た。ボッシュはそれ以外なにも言わなかった。バラードは言葉を見つけるのに少し時間がかかった。

「ありがとう、ハリー」バラードは言った。「わたしにほんとうのことを言ってくれて」

ふたりはしばらくのあいだ黙って佇み、やがてボッシュがまた口をひらいた。

「おれが班に戻らないのはわかってるだろ？」

「ええ、わかってる」

ボッシュは木箱をあけ、石の彫刻に歩み寄った。手を伸ばし、ひとつかみの灰色の細粉を取りだした。手を差しだし、指のあいだからそれを滑り落とした。その行為を三度繰り返してから、箱をひっくり返し、残りをこぼした。一陣の風がその大半を持っていって、大地に運んでいった。

「灰は灰に」ボッシュは言った。「そう言うんだっけ？」

そののちボッシュは箱を閉じ、背を向けると、車に向かって戻りはじめた。

「用意ができた」ボッシュは言った。

バラードがあとにつづいた。

ふたりは車に乗って出発し、街へ戻っていった。

謝辞

本書執筆にあたり、数多くの協力と貢献を果たして下さったみなさんに感謝の意を捧ぐ。名前を挙げさせていただけば、アーシア・マクニック、イマッド・アクタール、ビル・メッシー、パメラ・マーシャル、ミッチ・ロバーツ、リック・ジャクスン、ティム・マーシャ、デイヴィッド・ラムキン、デニス・ヴォイチェホフスキー、ジェーン・デイヴィス、ヘザー・リッツォ、ヘンリク・バスティン、リンダ・コナリー、ポール・コナリー、テリル・リー・ランクフォード、シャノン・バーン、ウィリアム・アーマンスンといった方々である。政治、捜査手続き、法医学、腎臓学、地理学、植物学、遺伝子系図学調査に関する事実の短絡化や間違いは、すべて著者の責任である。

訳者あとがき

古沢嘉通

本書は、マイクル・コナリーが著した三十七冊目の長篇Desert Star（2022）の全訳である。レネイ・バラード&ハリー・ボッシュ・コンビの第四弾。

二〇二〇年大晦日（おおみそか）から二〇二一年一月末までを時間枠にした前作『ダーク・アワーズ』から一年ほど経った二〇二二年、ロサンジェルス市警に復帰し、再編成された未解決事件班の責任者になったレネイ・バラードがボッシュをボランティアとして同班にリクルートするところから物語ははじまる。ボッシュには、殺人事件捜査の現場を離れるにあたって心残りだった未解決事件がいくつかあったのだが、なかでも一家四人が残忍に殺され、砂漠に埋められたギャラガー一家殺害事件は特別だった。その事件の再捜査を餌（えさ）にされて、ボッシュはバラードの提案を受け入れ、未解決事件班に加わる。一方、バラードは、政治家からプレッシャーをかけられていた。ロサンジェルス市議会の議員であるジェイク・パールマンは、三十年近くまえに当時高校生だった妹サラを何者かに殺害され、未解決のままのその事件の解決に執念を燃やしており、未解決事件班再編成も彼が政治的影響力を行使したことが大きかった。スタートしたばかりの未解決事件班の評価を上げるためにも政治案件であるサラ・パールマン殺害事件再捜査に班の総力をあげてあたりたいバラードだったが、独断専行タイプのボッシュがおとなしく従うわけがない。ボッシュだけでなく、ほかにも癖のあるメンバーを抱え、管理職としての悩みを抱えるバラードというあらたな姿が新鮮でもある。

ふたつの未解決事件を巡るボッシュ&バラードを描いたこの作品、ニューヨーク・タイムズ・ベストセラー・リスト・ハードカバー部門一位になるなど、いつものようにベストセラーになったが、ボッシュ作品のなかでも屈指の衝撃的な展開もあって、二〇二二年十一月の刊行直後から評判を呼び、「コナリーの最高傑作に加わる」（パブリッシャーズ・ウィークリー）の声も上がったほど。

主な書評を紹介してみると――

「長年のボッシュ・ファンは、本作のみごとなフィナーレのあとで、ため息を漏らすだろう。とりわけ、今後の意味を考えると」

――ブックリスト星付きレビュー

「コナリーのあらたなホームラン……プロットはまさに並外れた犯罪ドラマであり、短い章を積み重ねることで期待感が高められ、物語のなめらかな展開に役立っている。語り口は、警察官特有の話し方を徹底的にリアルに追い求めており、どのページもボッシュとバラードが生き生きと描かれている。警察小説および追いつ追われつのミステリー小説、そしてコナリーのアイコン的キャラクターの陪審員的ファンは、このすぐさまベストセラーになるであろう作品が絶対に巻を擱く能わざるものであるとわかるだろう」

――ライブラリー・ジャーナル紙星付きレビュー

「マイクル・コナリーは本書で頂点を極めた。簡潔明瞭な文体が登場人物の行動を促し、ロサンジェルスのリアルな街並みと荒涼とした美しい砂漠に読者を誘う。すでにバラードものやボッシュもののファンであろうとなかろうと、本作は胸を締めつける最後の意外な展開もあって、必読の書である」

――アップル・ブックス、二〇二二年十一月のベストブック

「年間最高傑作の一冊として、コナリーは、バラードとボッシュ両名を呼び戻し、あらたなサスペンスに満ちた、読みだしたら止まらない体験を読者にもたらしてくれる。コナリーがつねにそういうことができる最高のミステリー作家である理由をまたあらたに示している」

——リアル・ブック・スパイ

「コナリーは警察小説を再構築し続ける」

——アルタ・ジャーナル

『ダーク・アワーズ』の訳者あとがきで記したように、訳者は、去年、本書の発売前見本刷り（プルーフ）を読み終えた瞬間、しばし茫然となってしまった。その理由は、本書を読んでいただければ読者もおわかりだろう。

しかしながら、原著刊行から半年ほど経過し、このあとがきを書いている時点では、色々と追加の情報が入ってきており、なかでも最新のコナリーのインタビュー（Web版パブリッシャーズ・ウイークリー二〇二三年五月五日掲載）を読むと、本書執筆時とは、主要登場人物の運命に関して、作者の考えが変わったのがわかる。その詳細については、ネタバレを避けるため、ここでは記さず、機会をみてあらためてお伝えしようと考えているが、本書を読み終えた読者のみなさんの大半とおなじ解釈を、原著刊行時、原文で読んだ読者だけでなく、作者もしていたと言っても過言ではないだろう。ある意味、長年の物語に区切りがついたと考えるのは、ごく自然のことである。

なお、本書の原題にもなっている、5章で登場する象徴的な存在である花、砂漠の星（デザート・スター）について、若干（じゃっかん）、説明を加えておこう。学名Monoptilon bellioides（砂漠の星）は、キク科の背の低い一年草で、別名Mojave Desertstar（モハーヴェの砂漠の星）。カリフォルニア州モハーヴェ砂漠およびカリフォルニア州アリゾナ州メキシコ・ソノラ州にまたがるソノラ砂漠が原産で、砂漠地帯の石や砂の多い平原に自生する非常に一般的な植物。花は、黄色い筒状花のまわりを白い舌状花が囲んでいる形。キク科の白い花（中央が黄色）の一般的な形を想像してもらえればよいと思う。

また、本書は米国の大きなミステリー賞のひとつであるバリー賞およびストランド・マガジン批評家賞の本年度最優秀長篇部門候補作にそれぞれなっている。結果発表は、前者は八月三十一日、後者は九月。

　さて、手前味噌ながら、ここで声を大にしてお知らせしたいことがある――本書の邦訳刊行によって、ついに邦訳が原作に追いついたのだ。すなわち、現時点で、未訳のコナリー長篇はゼロ。一九九二年の第一作『ナイトホークス』から三十一年かけてやっと追いついた計算になり、訳者として感慨も一入(ひとしお)である。『ナイトホークス』原著刊行は、一九九二年一月で、コナリーは三十五歳、一九五〇年生まれの設定であるボッシュは、四十代前半の働き盛り、邦訳は同年十月で訳者は三十四歳になろうとしていた。それから三十年あまり、著者も訳者もボッシュもかなり年を取り、残された時間を否が応でも意識するようになってきたのが現実だが、これまでずっと途切れることなく邦訳をお届けできたのは、ひとえに読者のみなさんのご支持の賜(たまもの)と、心から感謝する次第である。

　コナリー関連の情報をいくつかご紹介する――

　まず、映像化作品について。

　Amazon Prime Video のドラマ『Bosch: Legacy／ボッシュ：受け継がれるもの』は、シーズン2の撮影を終え、今秋配信開始予定。また、シーズン3の制作も決定した。

加えて、このドラマ・シリーズの好評を受け、ふたつのあらたなスピンオフが企画されているという。ひとつは、ボッシュのハリウッド分署でのパートナーであるジェリー・エドガー刑事を主人公にした「ジェリー・エドガー・プロジェクト」。エドガーはマイアミのリトル・ハイチ地区でFBIの潜入捜査官になるとのこと。ドラマでのエドガー役であるジェイミー・ヘクターがこのスピンオフでもおなじ役を演じる予定。もうひとつは、われらがレネイ・バラードを主人公にした「レネイ・バラード・プロジェクト」。バラード役は未定。いったいだれが彼女を演じることになるのだろうか。両方ともこれ以上の情報はまだ出ておらず、今後の進展に期待したい。

なお、このドラマがらみで訃報がふたつ。ロス市警本部長アーヴィン・アーヴィング役のランス・レディックが二〇二三年三月十七日に突然死（享年六十）、また、『Bosch』シーズン1でボッシュの恋人である新米警官ジュリア・ブレイシャーを演じたアニー・ワーシングが二〇二三年一月二十九日に癌で亡くなった（享年四十五）。おふたりのご冥福をお祈りする。

Netflixの『リンカーン弁護士』のシーズン2も、撮影を終え、今年七月から八月にかけて配信予定。まずエピソード一話から五話が七月二日に、六話から十話が八月三日にそれぞれ配信開始になるとのこと。

コナリーの最新短篇〝Avalon〟(2022)は、ミステリ短篇の年間傑作選に選出されたほど優れた作品で、これを原作にしたドラマ・シリーズがABCで放送(配信?)される予定だったが、二〇二二年十一月にパイロット版が制作された段階で、ABCが降りてしまい、今後は、他のネットワークがこの企画に手をあげるかどうか次第。とにかく、配信ドラマというプラットフォームでますますコナリー・ワールドが拡充されていく模様である。

おめでたいニュースとして、本年度のアメリカ探偵作家クラブ(MWA)賞の名誉賞である巨匠賞(グランド・マスター・アワード)をコナリーが受賞した。お菓子探偵ハンナ・スウェンセン・シリーズの著者ジョアン・フルークとの同時受賞。また、同賞の評論・評伝部門では、惜しくも受賞を逃したが、コナリーの評伝 The Crime World of Michael Connelly: A Study of His Works and Their Adaptations by David Geherin (2022) が最終候補になった。

ちなみにこの評伝では、コナリーの経歴が従来より多少詳しく紹介されており、コナリーの両親のフルネームが記されていた。父親はW・マイクル・コナリー、母親はメアリー・マカヴォイ・コナリー。コナリー作品の主要登場人物のひとりであるジャック・マカヴォイの名前が母親のミドルネームから取られていたことが、はじめてわかった。早熟の読書家だったコナリーは、児童向けミステリー・シリーズのハーディー・ボーイズ・シリーズを貪り読むかたわら、アガサ・クリスティーとP・D・ジェイムズの大ファンである母親の影響で、ふたりの作品も読んでいたという。また、ジョン・D・マクドナルドも早くに見つけ、小説の登場人物に身近な実在の人物の名前を付けるのは、マクドナルドに倣ってのことだという。

また、これも朗報だろう——全世界でのコナリー作品の累計発行部数が、八千五百万部を突破したというニュースも届いた。コナリー既刊作品数（長篇三十七作＋ノンフィクション一作（未訳）＝三十八作）で単純に割っても、一作平均二百万部を超える。本年四月に、東野圭吾さんの著書累計発行部数（電子書籍含まず）が、国内一億部を突破し、これは一作平均百万部にあたるというニュースが流れたが（海外発行部数を合わせると、推定累計一億六千八百万部突破とのこと）、それと比べても一作平均二百万部というのがいかに凄いことかおわかりだろう。なお、コナリーの邦訳部数の累計（電子書籍を含む）は、本作でおよそ二百四十万部になる。

新作の話をしよう――

コナリーが新作長篇五本を執筆することになったというなかなか衝撃的なニュースが本年一月に飛びこんできた。じつは、本書を書き上げたあと、しばらく長篇執筆を休むという情報がそのまえに入っており、本書の内容から、それも十分理解できると思っていたのだが、そんなところへ、五本の新作長篇を書くことになったという話を目にして驚いた。前述のインタビューと考え合わせると、コナリーになにか心境の変化をもたらす出来事があったのかもしれない。ともあれ、このポジティブな変化はコナリー・ファンとして歓迎すべき事態である。

その第一弾が、本年十一月七日の刊行を予定されているリンカーン弁護士シリーズの第七弾 Resurrection Walk（なお、この作品以外のほか四本の内容や刊行時期はいっさい明らかにされていない）。

保安官補である夫を殺害したとして有罪判決を受け、服役中の妻の再審弁護をミッキー・ハラーは引き受けることになる。再審というのはただでさえ実現の可能性が限りなく低いものなのだが、ハラーは果敢に再審請求に動く。そのハラーの手足となって、事件調査をおこなうのは……。

この新作のプルーフが出回るのは七月とのことで、詳しい内容はまったく不明であり、従って版権交渉もはじまっていないため、確約はできないのだが、引き続き当文庫で邦訳が実現できるよう講談社編集部と協力してまいる所存である。

二〇二三年六月

マイクル・コナリー長篇リスト

1 The Black Echo（1992）『ナイトホークス』（上下）（扶桑社ミステリー）★ HB

2 The Black Ice（1993）『ブラック・アイス』（扶桑社ミステリー）★ HB

3 The Concrete Blonde（1994）『ブラック・ハート』（上下）（扶桑社ミステリー）★ HB

4 The Last Coyote（1995）『ラスト・コヨーテ』（上下）（扶桑社ミステリー）★ HB

5 The Poet（1996）『ザ・ポエット』（上下）（扶桑社ミステリー）※ JM RW

6 Trunk Music（1997）『トランク・ミュージック』（上下）（扶桑社ミステリー）★ HB

7 Blood Work（1998）『わが心臓の痛み』（上下）（扶桑社ミステリー）※ TM

8 Angels Flight（1999）『エンジェルズ・フライト』（上下）（扶桑社ミステリー）※ HB

9 Void Moon（2000）『バッドラック・ムーン』（上下）（木村二郎訳）※
10 A Darkness More Than Night（2001）『夜より暗き闇』（上下）☆ HB TM
11 City of Bones（2002）『シティ・オブ・ボーンズ』（ハヤカワ・ミステリ文庫）
HB
12 Chasing The Dime（2002）『チェイシング・リリー』（古沢嘉通・三角和代訳：
ハヤカワ・ミステリ文庫）
13 Lost Light（2003）『暗く聖なる夜』（上下）☆ HB
14 The Narrows（2004）『天使と罪の街』（上下）☆ HB TM RW
15 The Closers（2005）『終決者たち』（上下）☆ HB
16 The Lincoln Lawyer（2005）『リンカーン弁護士』（上下）☆ MH
17 Echo Park（2006）『エコー・パーク』（上下）☆ HB RW
18 The Overlook（2007）『死角　オーバールック』☆ HB RW
19 The Brass Verdict（2008）『真鍮の評決　リンカーン弁護士』（上下）☆ MH
HB
20 The Scarecrow（2009）『スケアクロウ』（上下）※ JM RW
21 Nine Dragons（2009）『ナイン・ドラゴンズ』（上下）☆ HB MH

22　The Reversal（2010）『判決破棄　リンカーン弁護士』（上下）☆　MH HB RW
23　The Fifth Witness（2011）『証言拒否　リンカーン弁護士』（上下）☆　MH HB
24　The Drop（2011）『転落の街』（上下）☆　HB
25　The Black Box（2012）『ブラックボックス』（上下）☆　HB RW
26　The Gods of Guilt（2013）『罪責の神々　リンカーン弁護士』（上下）☆　MH HB
27　The Burning Room（2014）『燃える部屋』（上下）☆　HB RW
28　The Crossing（2015）『贖罪の街』（上下）☆　HB MH
29　The Wrong Side of Goodbye（2016）『訣別』（上下）☆　HB MH
30　The Late Show（2017）『レイトショー』（上下）☆　RB
31　Two Kinds of Truth（2017）『汚名』（上下）☆　HB MH
32　Dark Sacred Night（2018）『素晴らしき世界』（上下）☆　RB HB
33　The Night Fire（2019）『鬼火』（上下）☆　RB HB MH
34　Fair Warning（2020）『警告』（上下）☆　JM RW
35　The Law of Innocence（2020）『潔白の法則　リンカーン弁護士』（上下）☆

MH HB
36 The Dark Hours (2021)『ダーク・アワーズ』(上下)☆ RB HB
37 Desert Star (2022) 本書 RB HB
38 Resurrection Walk (2023) MH HB

訳者名を記していない邦訳書は、いずれも古沢嘉通訳。出版社を記していない邦訳書は、いずれも講談社文庫刊。

☆ 電子版あり ※ 品切れ重版未定

★ 分冊の電子版に加え、合本の形での電子版およびオンデマンド印刷本あり

*主要登場人物略号 HB:ハリー・ボッシュ MH:ミッキー・ハラー RW:レイチェル・ウォリング RB:レネイ・バラード JM:ジャック・マカヴォイ TM:テリー・マッケイレブ

マイクル・コナリー映像化作品リスト

【劇場公開長篇映画】

『ブラッド・ワーク』(2002) 監督・主演／クリント・イーストウッド (原作『わが心臓の痛み』)

『リンカーン弁護士』(2011) 監督／ブラッド・ファーマン　主演／マシュー・マコノヒー (原作『リンカーン弁護士』)

【配信ドラマ】

『Bosch／ボッシュ』Amazonプライム・ビデオ　脚本にコナリー参加、主演／タイタス・ウェリヴァー

シーズン1 (2015) (原作『シティ・オブ・ボーンズ』中心に、『ブラック・ハート』と『エコー・パーク』の要素を加味)

シーズン2 (2016) (原作『トランク・ミュージック』中心に、『転落の街』と『ラスト・コヨーテ』の要素を加味)

シーズン３（2017）（原作『ナイトホークス』、『夜より暗き闇』）
シーズン４（2018）（原作『エンジェルズ・フライト』中心に、『ナイン・ドラゴンズ』の要素を加味）
シーズン５（2019）（原作『汚名』）
シーズン６（2020）（原作『死角　オーバールック』、『素晴らしき世界』）
シーズン７（2021）（原作『燃える部屋』）
『Bosch: Legacy／ボッシュ：受け継がれるもの』
シーズン１（2022）（原作『訣別』）
シーズン２（2023）（原作『贖罪の街』）
シーズン３（2024?）
『リンカーン弁護士』Netflix　主演／マヌエル・ガルシア＝ルルフォ
シーズン１（2022）（原作『真鍮の評決』）
シーズン２（2023）（原作『証言拒否』）

|著者| マイクル・コナリー　1956年、フィラデルフィア生まれ。フロリダ大学を卒業し、新聞社でジャーナリストとして働く。共同執筆した記事がピュリッツァー賞の最終選考まで残り、ロサンジェルス・タイムズ紙に引き抜かれる。1992年に作家デビューを果たし、現在は小説の他にテレビ脚本なども手がける。2023年、アメリカ探偵作家クラブ（MWA）巨匠賞（グランド・マスター・アワード）受賞。著書はデビュー作から続くハリー・ボッシュ・シリーズの他、リンカーン弁護士シリーズ、記者が主人公の『警告』、本作と同じレネイ・バラードが活躍する『レイトショー』『素晴らしき世界』『鬼火』『ダーク・アワーズ』などがある。

|訳者| 古沢嘉通　1958年、北海道生まれ。大阪外国語大学デンマーク語科卒業。コナリー邦訳作品の大半を翻訳しているほか、プリースト『双生児』『夢幻諸島から』『隣接界』、リュウ『宇宙の春』『Arc アーク』（以上、早川書房）など翻訳書多数。

正義の弧（せいぎのこ）(下)

マイクル・コナリー｜古沢嘉通（ふるさわよしみち） 訳

講談社文庫
定価はカバーに表示してあります

2023年7月14日第1刷発行

発行者――鈴木章一
発行所――株式会社　講談社
東京都文京区音羽2-12-21　〒112-8001
電話　出版（03）5395-3510
　　　販売（03）5395-5817
　　　業務（03）5395-3615

Printed in Japan

デザイン―菊地信義
本文データ制作―講談社デジタル製作
印刷―――株式会社KPSプロダクツ
製本―――株式会社国宝社

ISBN978-4-06-531861-4

講談社文庫刊行の辞

二十一世紀の到来を目睫に望みながら、われわれはいま、人類史上かつて例を見ない巨大な転換期をむかえようとしている。

世界も、日本も、激動の予兆に対する期待とおののきを内に蔵して、未知の時代に歩み入ろうとしている。このときにあたり、創業の人野間清治の「ナショナル・エデュケイター」への志を現代に甦らせようと意図して、われわれはここに古今の文芸作品はいうまでもなく、ひろく人文・社会・自然の諸科学から東西の名著を網羅する、新しい綜合文庫の発刊を決意した。

激動の転換期はまた断絶の時代である。われわれは戦後二十五年間の出版文化のありかたへの深い反省をこめて、この断絶の時代にあえて人間的な持続を求めようとする。いたずらに浮薄な商業主義のあだ花を追い求めることなく、長期にわたって良書に生命をあたえようとつとめるところにしか、今後の出版文化の真の繁栄はあり得ないと信じるからである。

同時にわれわれはこの綜合文庫の刊行を通じて、人文・社会・自然の諸科学が、結局人間の学にほかならないことを立証しようと願っている。かつて知識とは、「汝自身を知る」ことにつきていた。現代社会の瑣末な情報の氾濫のなかから、力強い知識の源泉を掘り起し、技術文明のただなかに、生きた人間の姿を復活させること。それこそわれわれの切なる希求である。

われわれは権威に盲従せず、俗流に媚びることなく、渾然一体となって日本の「草の根」をかたちづくる若く新しい世代の人々に、心をこめてこの新しい綜合文庫をおくり届けたい。それは知識の泉であるとともに感受性のふるさとであり、もっとも有機的に組織され、社会に開かれた万人のための大学をめざしている。大方の支援と協力を衷心より切望してやまない。

一九七一年七月

野間省一

講談社文庫 最新刊

東野圭吾
私が彼を殺した〈新装版〉
容疑者は3人。とある〝挑戦的な仕掛け〟でミステリーに新風を巻き起こした傑作が再び。

佐々木裕一
町くらべ〈公家武者 信平(十四)〉
町の番付を記した瓦版が大人気！ 江戸時代の「町くらべ」が、思わぬ争いに発展する——！

伊集院 静
ミチクサ先生(上)(下)
著者が共鳴し書きたかった夏目漱石。「ミチクサ」多き青春時代から濃密な人生をえがく。

小池水音（こいけみずね）
〈小説〉**こんにちは、母さん**
あなたは、ほんとうに母さんで、ときどき女の人だ。山田洋次監督最新作のノベライズ。

武田綾乃
愛されなくても別に
家族も友人も贅沢品（ぜいたく）。現代の孤独を暴くシスターフッドの傑作。吉川英治文学新人賞受賞作。

森 博嗣
馬鹿と嘘の弓〈Fool Lie Bow〉
持つ者と持たざる者。悪いのは、誰か？ ホームレスの青年が、人生に求めたものとは。

大山淳子
猫弁と幽霊屋敷
前代未聞のペットホテル立てこもり事件で事務所の猫が「獣質」に!? 人気シリーズ最新刊！